目录

[序言]

绕不开，避不过，既传统，又好玩

马伯庸

　　张腾岳老师请我为他这本新书写个序，我夸下海口，说你这本既然是讲成语的，那我在序言里就偏偏一个成语不用，如此才能显出水平。

　　结果临到动笔之时，我才发现实在是举步维艰。很多话，不用成语几乎都不知该怎么表达，即使勉强用大白话写出来，行文也比用成语要赘冗得多，还容易词不达意。比如前一句里的"举步维艰""词不达意"，就是两个成语，绕不开，避不过。这让我不由得想起马季曾经有一段相声《成语新编》，里面马季举了一个例子："我们只有同甘共苦，才能够同心同德。"两个成语一用，简洁明了地表达出了意思。唐杰忠问他如果不用成语怎么说，马季答："我们大家呀，只有有罪一块受，有福一块享，有了甜的大家一块分着吃，有了苦的谁也跑不了。谁也别藏，谁也别躲，谁也别争，谁也别抢，谁也别多，谁也别少，谁也别特殊。只有这样，我们才能一个心眼、一个劲头、一个目标、一个德行、一个模样……"

这个包袱自然是有所夸张，可也确实能反映出来，成语对于中文来说，实在是太重要了。它能够用最少的字数，表达出最多的信息量，充分体现出了中文的简洁之美，可谓是言简意赅。

成语到底是如何做到这一点的呢？这是因为几乎每一个成语背后，都有一段典故。当我们说起这个成语时，绝非仅仅只是说那四个汉字，带出来的是隐藏在后头的种种故事。一说"退避三舍"，我们想的是晋文公的忍让和承诺；一说"风声鹤唳"，我们脑海里浮现的是淝水之战苻坚仓皇而逃的狼狈。讲"洛阳纸贵"，是夸赞对方有左思那样神妙的文笔；用"破镜重圆"，是形容情路坎坷的夫妻如乐昌公主与徐德言那样坚贞的爱情。

每一段典故，都带着一片传统文化的基因；每一个成语，都牵起一根国人与历史的命运丝线。实际上，我们正是靠不断运用成语来描绘生活，才得以潜移默化地传承下祖先的文化。

即使不提这些大道理，考究成语本身的进化过程，其实也是一件好玩的事。

比如"纸上谈兵"这个成语，我们都知道这是在讽刺赵括。但若仔细想想的话，赵括是战国时人，而纸到了汉代才被发明，他怎么能穿越时空在"纸"上谈兵呢？我仔细考证过这个问题，然后惊讶地发现，这个成语的出现，比想象中晚得多。要到元末明初，大儒刘如孙写的诗句里，才第一次出现了这个用法："鄂垣仅有湘南地，朝野犹夸纸上兵。"而这个成语一直到清朝中期，才和赵括发生联系，变成今天的样子。

再比如说，"妇孺皆知"这个成语，前身可追溯到《战国策》："今秦妇人、婴儿皆言商君之法。"然后到了北宋时期，千古文人苏东坡给千古名臣司马光撰写行状，有这么一句："虽田父野老，皆号公司马相公，而妇人孺子，知其为君实也。"到了明代，这个词以"妇孺知名"为基础，发生了一些变化，演化出了"妇孺咸知""妇孺亦知"等变体，但内容用法已趋一致。如屠隆有诗曰："家声肩吕望，相度拟刘宽，妇孺咸知姓，蛮夷亦问安。"徐𤊹《笔精》："东坡《赤壁赋》古今传诵，即妇孺亦知之。"这几种用法，在清代齐头并进，都被人广泛使用，最终"妇孺皆知"得以杀出重围，修成正果。也就是说，"妇孺皆知"这个成语，雏形可上溯至汉代，由宋代苏东坡亲笔定下基调，经明朝演化，至晚清终于定形。

略举一二例子，从中可知成语和人一样，随着社会发展而成长。如果想要系统、全面地了解一下某些成语典故的来历，不妨翻开此书一观。若大家能观其来源，察其演变，洞其深意，他日运用起那些成语来，必然更加得心应手。对传统文化的理解，自然也就能更上一层楼了。

剪须和药

太宗的领导艺术

药，药，切克闹！说到中国古代的医学，就不得不提到药引。所谓药引呢，是"引药归经"的俗称，指某些药物能引导其他药物的药力到达病变部位或某一经脉，起"向导"作用。在古代呀，药引可谓千奇百怪，只有你想不到的，没有它用不到的！

今天咱们说剪须和药[01]，就是拿人的胡须做药引子。惊不惊讶？剪须和药这个"和"字读作"huò"，可不能读作"hé"或者"huó"。这个"和"字挺烦人，有好多读音，意义全都不一样，还容易读错，大家有兴趣可以自己去查字典区分一下。

剪须和药源自一个典故，说的是唐朝初

---

[01] 剪须和药，音 jiǎn xū huò yào。

年，李勣 [01] 忠心效力朝廷，皇帝认为他是一个可托付大事的人。一次李勣生了重病，医生说要用胡须做药引，皇帝立即自剪胡须给他当药引和药。不久，李勣病愈，入朝拜谢，磕头磕到流血。皇帝说："这没什么，我是在为江山社稷考虑。"原文出自《新唐书·李勣传》：

> 勣既忠力，帝谓可托大事。尝暴疾，医曰："用须灰可治。"帝乃自剪须以和药。及愈，入谢，顿首流血。帝曰："吾为社稷计，何谢为！"
>
> ——《新唐书·列传十八》

这段解释看完了，一般般嘛，没什么吸引人的。李勣什么无名小卒，也出来说事儿？我要是告诉你他的本名，吓得你一溜跟头！他就是评书里大名鼎鼎的徐懋功！那位说了，你搞什么鬼，姓李姓徐你分不清？李勣本姓徐，名世勣，字懋功。后来因为功劳大，唐高祖李渊赐姓皇家姓氏——李。你道剪胡须给他和药的皇帝是谁，那更是名震千古的唐太宗李世民！徐世勣被赐姓以后改叫李世勣，后来李世民当了皇帝，李世民、李世勣，听着像哥俩似的。

皇帝拿个瓶子喊："李世勣，我叫你一声哥哥你敢答应吗？"那李世勣当然不敢答应了，答应了还不掉脑袋？所以为了避李世民的讳，李世勣就把"世"字去掉了，变成了李勣。要说徐懋功和李

---

[01] 勣，音jì。

世民的故事，让那几位评书名家来说上一个月也说不完，咱就不班门弄斧了，咱就说剪须和药这段故事。

公元641年（贞观十五年），薛延陀汗国趁唐太宗封禅泰山之际，南侵已经归顺唐朝的东突厥李思摩部，朝廷任命李勣为朔州行军总管，率轻骑三千在青山追上了薛延陀的骑兵，进击并大破其军，杀死名王一人，俘获其首领和士兵五万多。军务繁忙之中，李勣得了痈疽，危在旦夕，大夫说龙须烧的灰可以治疗这个病，李世民就自己剪下胡须，为他和药。

一个说法是李世民是皇帝，是真龙天子，所以他的胡子是龙须；另一个说法是李世民的胡子长得很威风，如虬龙一般，可以挂弓。后来，李勣服用了龙须配制的药后，果然药到病除，他病好后到殿前谢恩，叩头直至见血，哭泣着诚恳地感谢李世民，李世民说："我是为国家考虑，不必麻烦你深切地感谢。"

紧接着就发生了唐太宗向李勣托孤的一幕：

> 后留宴，顾曰："朕思属幼孤，无易公者。公昔不遗李密，岂负朕哉？"勣感涕，因啮指流血。俄大醉，帝亲解衣覆之。
>
> ——《新唐书·列传十八》

唐太宗用一撮胡子打了一手漂亮的感情牌，李勣则痛哭流涕，甚至咬破自己的手指头赌咒发誓表示不负皇恩，要忠心不二地辅佐李家王朝。所以剪须和药的含义就是比喻上级体恤下属。

　　唐太宗剪须和药这个故事在唐代就已经广为流传了，除了《大唐新语》的记载外，白居易亦在《七德舞》一诗中咏道："剪须烧药赐功臣，李勣呜咽思杀身。"明代首辅张居正甚至将其编入给万历小皇帝的教科书《帝鉴图说》。

　　实际上，胡子入药不是皇帝偶然为之，而是普遍可见于古代的医书和巫术之中。《本草纲目》也不例外，它将胡子与头发、指甲等都收入"人部"，三者在实际操作中有互通的药效。有民俗学家考证，在古人的观念里，须发是精血在体端的凝聚，又是人身上不易消灭的部分，因此人们在感到精力衰退时，就千方百计把须、发、爪等物送到自己身体里去，认为可以大补阳气。胡须作为男人特有之物，"阳气"旺盛，是祛邪治病的良药。在这样的环境下，皇帝这种贵人的"龙须"自然是阳气逼人、包治百病了。不管您信不信，反正我是不信。

　　不过，这故事接下来的一段看起来就不那么温情脉脉了：

　　帝疾，谓太子曰："尔于勣无恩，今以事出之，我死，宜即授以仆射[01]，彼必致死力矣！"乃授叠州都督。高宗立，召授检校洛州刺史、洛阳宫留守，进开府仪同三司、同中书门下，参掌机密，遂为尚书左仆射。

　　　　　　　　　　　　　　　　　　——《新唐书·列传十八》

[01] 仆射是"尚书仆射"的略称，理论上是尚书省领导尚书令的副手，但在隋和唐初是实际上的宰相。

到了唐太宗快死的时候，他对太子说："你对李勣没有恩情。现在我找个由头把他赶出中央，等我死了你就马上把他召回来，给他宰相的职务，他一定会拼命给你效劳的！"于是一家伙把李勣赶到了现在的甘肃青海交界处去守边。等到高宗继位后，就把李勣召回，给予荣衔，任为宰相。

到这个时候，唐太宗对李勣可就一点不讲情面了。当初放下身段的温情，又有几分是他的真情实感呢？

像这样放下身段讨好手下的技巧，其实还有个更早的典故，那就是吴起吮疽：

> 起之为将，与士卒最下者同衣食。卧不设席，行不骑乘，亲裹赢粮，与士卒分劳苦。卒有病疽者，起为吮之。卒母闻而哭之。人曰："子卒也，而将军自吮其疽，何哭为？"母曰："非然也。往年吴公吮其父，其父战不旋踵，遂死于敌。吴公今又吮其子，妾不知其死所矣。是以哭之。"
>
> ——《史记·孙子吴起列传》

战国时代的大军事家吴起当将军的时候，跟下层士卒打成一片，同吃同住同干杂活。有个小兵身上长了毒疮，吴起就亲自给他吮出脓液。小兵的妈妈得知消息以后就哭了，因为她丈夫当年就享受过这种待遇，然后为报答吴起一往无前地冲锋，死在了前线，她估计自己的儿子也会这样做了。

吴起以这样的手段建立起了一支强军，立下赫赫战功。

唐太宗的团队建设比吴起更胜一筹，他使用领导艺术的对象不是小兵，而是高级人才。恰如韩信对汉高祖说，您是"将将者"——统率将领的人，我们只是"将兵者"——统率小兵的将领。层次上先天就高出一层。

虽然唐太宗常常和臣下上演君臣相得的温情戏码，但偶尔也会冷酷无情。对李勣之外，他对唐初名将"二李"中的另外一位，后世奉为"托塔天王"的兵法大师李靖也曾经露出过冷酷一面：

> 太宗将征辽，卫公病不能从，帝使执政以起之。不起，帝曰："吾知之矣。"明日，驾临其第，执手与别，靖曰："老臣宜从，但犬马之疾日月增甚，恐死于道路，仰累陛下。"帝抚其背曰："勉之，昔司马仲达非不老病，竟能自强，立勋魏室。"靖叩头曰："请舆病行矣。"
>
> ——《大唐传载》

唐太宗晚年要御驾亲征高丽，李靖得病了，说不能随行，谁去说都没用。唐太宗于是亲自跑去看望他，等李靖表示自己确实老病之后突然说："加油啊。当年司马懿也是又老又病，却可以自强，为魏国立下了好大的功劳啊。"——什么功劳？司马懿装病骗得对手曹爽放松警惕，然后趁着对方不在首都的时候发动政变，一举夺下了魏国的政权，为他的子孙篡位奠定了坚实的基础。这话看着客气，但实际上差不多是赤裸裸地表示"我怀疑你想趁我不在造反"了。李靖吓得半死，马上磕头表示要带病随军。

看，唐太宗凶起来，表面上还是客客气气，但敲打部下的力度可是重若泰山。

不过，不管是出于真心实意的关心，还是为了施展帝王权术，李世民剪须和药毕竟起到了调和君臣关系的作用。一撮胡子成全了皇帝的美名，赢得了臣民的忠心，发挥了真金白银都无法达到的效果。

唐太宗的体贴为他带来了丰厚的政治回报。类似的故事还有不少，充分说明李世民领导艺术高超，善于进行团队建设。在"玄武门之变"中，秦王李世民能剿灭太子李建成和齐王李元吉一党，跟李世民善于体恤下属、聚拢人心有很大关系——当时的秦王府，文臣武将精英荟萃，人物之盛远强于太子府，连皇帝李渊的直属手下相比之下都有些逊色。在夺位之后，也是靠着不断进行的团队建设，他才得以开创"贞观盛世"，成为史书上赞美千年的明君。

齐大非偶

白富美收好人卡

　　当今社会，如果你喜欢的人说你是个好人，那十有八九是人家不喜欢你。这种情况，就叫作收到好人卡，潜在含义是：我不喜欢你，你再好也没用！不要以为好人卡是现代人的发明，其实早在春秋时期就有好人卡了。今天，我们就来讲讲齐僖公的女儿收到好人卡的成语故事——齐大非偶。

　　齐大非偶这个成语现在用作一个谦词，通常用来表示不敢高攀。

　　这个成语来源于春秋时代的一个典故：

　　　　北戎伐齐，齐侯使乞师于郑。郑大子忽帅师救齐……初，公之未昏于齐也，齐侯欲以文姜妻郑大子忽。大子忽辞，人问其故，大子曰："人各有耦，齐大，非吾耦也。《诗》云：'自求多福。'在我而已，大国何为？"及其败戎师也，齐侯又请妻之。固辞。

人问其故，大子曰："无事于齐，吾犹不敢。今以君命奔齐之急，而受室以归，是以师昏也。民其谓我何？"遂辞诸郑伯。

——《左传·桓公六年》

这段里面的"公"说的是鲁国的鲁桓公。《左传》是鲁国史官左丘明写的，所以采用鲁国作为纪年记事的主体。鲁桓公三年的时候，齐僖公把女儿文姜嫁给了他，这段"国际联姻"之前有一个插曲：当时齐僖公有意把文姜嫁给郑国国君郑庄公的长子公子忽。文姜是个美女，齐国又是强国，联姻对巩固公子忽在郑国的地位也很有好处。可公子忽拒绝了这个要求。被人问到原因的时候他答复说："每个人都有合适自己的配偶，齐国是个大国，所以（文姜）跟我不匹配。《诗经》曾说自求多福，做事的成败在于我自己，找大国联姻干吗呢？"

桓公六年，也就是公元前706年的时候，北戎部落攻打齐国，齐国向郑国求援，公子忽率领郑国的军队，帮助齐国打败了北戎。齐僖公又旧事重提，想要把自己另外一个女儿（具体是谁，史书没有记载）嫁给这位年轻人，公子忽又坚决推辞。这回他解释说："以前没事的时候，我都没娶齐国国君的女儿，现在来解救齐国之难，然后娶了妻子回去，这不是出动郑国军队来换取自己的婚姻吗？郑国百姓会怎么说我？"结果还是没娶。

不过我们仔细来分析记载在《左传·桓公六年》里关于这个故事的典故，我们会发现很多不合逻辑的地方。

首先，说"人各有耦"，意思是每个人都有自己合适的配偶。

这句话就有问题，如果说姻缘天定，那么每个人是不可能预先知道老天爷给你安排的配偶是谁。这一切是命运的安排，特别在古代，很少有自由恋爱的社会条件和机会，每个人在结婚之前，都不可能知道另一半究竟是不是自己合适的配偶，完全是："不试试哪知道？"同理，你没有试过也就不能肯定说某个人就不是你合适的配偶，公子忽都没见过齐女，怎么能上来就断言她不是合适的人选呢？

其次，因为齐国强大所以不行，那就更没道理了。在春秋时代，诸侯纷争战火连绵，越是弱小的国家越巴不得与强国搞好关系，以便有危难时能够得到救援。诸侯之间联姻是春秋时期外交的一个重要手段，齐国向郑国提亲，这是打着灯笼也难找的好事。

第三，如果说第一次推辞是因为自己弱小觉得配不上人家，那么第二次你帮了齐国大忙，应该说不必自卑了，而且两国已经结成了血浓于水的兄弟关系，然后顺水推舟亲上加亲不是两全其美的大好事吗？然而公子忽仍然找借口说国内舆论会有意见。与强大的邻国结成姻亲盟友，可以给国家带来安全与和平，给百姓带来安宁幸福的生活，怎么会有人说闲话呢？

还有人认为，拒婚的真实原因是公子忽嫌文姜名声不好。齐僖公养有三子二女，三儿子就是后来"九合诸侯、一匡天下"的春秋五霸之首齐桓公姜小白。然而在当年比小白更出名的，是他的两个姐姐，一个叫宣姜，一个名文姜。这一对姐妹，貌美毋庸讳言，但名声可不太好：乱搞男女关系。文姜甚至跟自己的兄弟乱伦通奸。

但是首先呢，文姜乱伦的事情是后来她和兄弟齐襄公合谋杀死了自己丈夫以后才哄传天下的。公子忽又不是天眼通，怎么能早早知道？其次，第一次他拒绝了文姜之后，第二次齐僖公推出的女儿肯定更加年轻，更不可能有坏名声。

所以这个理由也不太站得住脚。

因此，我有个大胆猜测：公子忽之所以推三阻四，是因为他已经有爱人了！只有这个解释，才能把刚才的疑问全都说通。只有他有了意中人这种毫无余地的排他性原因，他才明确知道自己合适的配偶是谁，他才可能坚定拒绝强大邻国的反复提亲，并生编硬造这种不靠谱的理由。

仔细翻翻史书，这种猜测还真有可能是正确的：

> 郑公子忽在王所，故陈侯请妻之。郑伯许之，乃成昏。
>
> ——《左传·隐公七年》

> 四月甲辰，郑公子忽如陈逆妇妫。辛亥，以妫氏归。甲寅，入于郑。陈针子送女。先配而后祖。针子曰："是不为夫妇。诬其祖矣，非礼也，何以能育？"
>
> ——《左传·隐公八年》

鲁隐公七年是公元前716年。这之前，郑国刚刚击败了东周王室派去的讨伐军。战后双方经过谈判达成了和平协定，互相交换人质。这一年公子忽就作为人质被派到了周王的都城。也就在这个时候，他和陈国国君的女儿妫氏订婚，第二年四月成婚。他似乎和妻子一见钟情，都没等到回去祭祖就先进了洞房——从此成为一名已婚人士。这段婚姻一直延续到他死，其间他一直没有儿子，应验了送亲的陈国大夫的咒骂。可也没看到他要纳妾什么的，可见他们夫妻感情应该是一直很好的。

齐僖公要嫁女儿的时候不可能不知道这点。作为大国君主，他的女儿要是嫁过去，如果做妾那简直不像话。所以公子忽如果答应齐国的联姻要求，首先就要把自己的太太给休了，至少也要贬成妾室才行。

当时郑庄公年纪大了，比较宠爱后来娶的几位年纪更轻的侧室，对公子忽的两个弟弟也更加偏袒，导致他们各自在国内都拥有一定势力。陈国又小又弱，对公子忽在政治上几乎是毫无帮助。当时陪着他一起去救援齐国的郑国大臣祭仲作为他父母的媒人跟他天然亲近，这时候就强烈建议他不要那么执着，跟齐国联姻以取得外援，要不然等庄公死后，他恐怕保不住自己的位置：

> 时祭仲与俱，劝使取之，曰："君多内宠，太子无大援将不立，三公子皆君也。"所谓三公子者，太子忽，其弟突，次弟子亹也。
>
> ——《史记·卷四十二·郑世家第十二》

齐僖公大概觉得，在这种情势下，公子忽这个自己很欣赏的年轻人会屈服于现实的压力，成为自己的女婿。这样一方面自己给女儿找了个英雄丈夫，一方面也有利于齐国跟郑国巩固关系，甚至在将来插手郑国内政。他没想到的是，公子忽居然两次都坚决拒绝了他的好意。如果说第一次拒绝他还可能怀疑有文姜名声不好的缘故，第二次他应该也就明白了公子忽的真心，只能就此作罢，从此再也没提过这事了。

为了这种坚持，公子忽——后来的郑昭公最终付出了惨重的代价：

> 夏，郑庄公卒……秋九月丁亥，昭公奔卫。己亥，厉公立。
>
> ——《左传·桓公十一年》

第二次拒婚五年以后的夏天，郑庄公死了，公子忽继位。半年都没过，九月份他就众叛亲离，连祭仲都在内外压力下背叛了他，最后他只好逃到卫国，他弟弟公子突则在宋国的支持下登上宝座，成了后来的郑厉公。过了四年，祭仲和厉公起了冲突，最后驱逐了厉公，他才回国复位。可这次他执政也没持续多久，就以他自己的死亡告终：

> 郑伯将以高渠弥为卿，昭公恶之，固谏，不听。昭公立，惧其杀己也，辛卯，弑昭公而立公子亹。君子谓昭公知所恶矣。
>
> ——《左传·桓公十七年》

高渠弥这人，公子忽一直讨厌。当年郑庄公要任命他做大官的时候公子忽就坚决反对，一再劝阻父亲，但是最后郑庄公仍然提拔了高渠弥。等到郑昭公复位，虽然他并没有对高渠弥做什么，可对方还是决定先下手为强，趁着打猎的机会，暗杀了昭公。

这故事还有一个尾声：

> 秋，齐侯师于首止；子亹会之，高渠弥相。七月戊戌，齐人杀子亹而轘[01]高渠弥。
>
> ——《左传·桓公十八年》

齐国这时候掌权的换成了齐僖公的儿子齐襄公。也许是他本人和父亲一样对那位率军救援齐国的英勇公子颇具好感，也许是他被公子忽拒绝的妹妹虽然被拒却对公子忽好感依然，总之齐国这次做出了一个很不"外交理性"的决策：约郑国新上位的公子亹来会盟，见面却翻脸，把他跟担任国相的高渠弥一起抓了起来，然后杀掉了公子亹，对杀害郑昭公的凶手高渠弥更是用酷刑车裂处死，算是给郑昭公报仇雪恨了。

看，齐大非偶这个成语在被后世用作"不敢高攀"的谦词，可其中或许暗含着追求忠贞爱情的伟大牺牲啊！

所以亲爱的朋友们，如果你向暗恋的对象表白被发了好人卡，千万不要灰心，也许对方是名花有主不想说出来而已，耐心等等吧备胎，或者潇洒转身，去寻找自己的真命！

---

[01] 轘，音huàn，车裂，用几辆战车把受刑者身体朝不同方向撕开的酷刑。

洛阳纸贵

颜控时代的逆袭

　　最近跟一个报纸行业的朋友聊天说起来近些年因为网络和电子阅读设备的冲击，纸质的报纸杂志图书的发行量越来越小，连累得新闻纸的出货量越来越小，价格越来越低，再加上环保标准逐渐提高，有些造纸厂已经倒闭了。

　　这倒令我想起一个成语——"洛阳纸贵"，也叫"都中纸贵"。这个成语是形容作品火得不得了——就像《成语大会》那么火，甚至更火——以至于引发了相关的物价上涨。类似于《泰坦尼克号》两次上映就带动了"海洋之心"那种蓝色宝石的价格两度上扬。

　　这个成语最早的出处是《世说新语》：

　　　庾仲初作《扬都赋》成，以呈庾亮。亮以亲族之怀，大为其名价，云："可三《二京》，四《三都》。"于此人人竞写，都下纸为之贵。

——《世说新语·文学》

东晋文学家庾阐，字仲初，他的代表作《扬都赋》写好以后，献给同族长辈——东晋的朝廷重臣庾亮看。庾亮对这个亲戚写的文章很是赞赏，在外面宣扬说，这篇文章可以和东汉张衡的名作《二京赋》放到一起成为"三京赋"，或者跟西晋左思的《三都赋》并列成为"四都赋"。于是大家纷纷传抄这篇文章，导致东晋都城建康[01] 的纸价上涨。

但现代人更熟悉的这个成语故事则来自《晋书·文苑·左思传》：

> 左思……父雍，起小吏，以能擢授殿中侍御史。思少学钟、胡书及鼓琴，并不成。雍谓友人曰："思所晓解，不及我少时。"思遂感激勤学……貌寝，口讷，而辞藻壮丽……复欲赋三都……遂构思十年……及赋成，时人未之重。思自以其作不谢班、张，恐以人废言。安定皇甫谧有高誉，思造而示之。谧称善，为其赋序。张载为注《魏都》，刘逵注《吴》《蜀》而序之……陈留卫权又为思赋作《略解》……自是之后，盛重于时，文多不载。司空张华见而叹曰："班、张之流也。使读之者尽而有余，久而更新。"于是豪贵之家竞相传写，洛

阳为之纸贵。初，陆机入洛，欲为此赋，闻思作之，抚掌而笑，
与弟云书曰："此间有伧父，欲作《三都赋》，须其成，当以
覆酒瓮耳。"及思赋出，机绝叹伏，以为不能加也，遂辍笔焉。

——《晋书·列传第六十二》，有删节

　　这里说的是晋朝时左思写成《三都赋》的故事，由于左思当时
在文坛还属于无名小辈，所以《三都赋》也没有受到重视。左思对
自己这部作品很有自信，觉得不输给当时传世同类作品中最好的两
部：东汉班固的《两都赋》和张衡的《二京赋》，他怕世人不能正
确评价，于是去找了当时的大名士皇甫谧，获得了后者的赞赏，并
得其作序推介。文坛名人张载、刘逵、卫权这之后也跟着皇甫谧为
左思做宣传，甚至带动了一批文学家纷纷给他写各种评注。

　　经过这样一番宣传，《三都赋》在都城洛阳一下子引起轰动，
许多人争相传抄，结果市面上的纸不够用了，顿时价格飞涨好几倍。
大文豪陆机刚到洛阳时曾经讥笑过左思，说他写出来的东西只能拿
来当酒瓮盖，《三都赋》写成之后，陆机细细阅读一番，称赞不已，
断定若自己再写《三都赋》绝不会超过左思，便停笔不写了。此所
谓"眼前有景道不得，崔颢题诗在上头"。

　　前面这段情节，《世说新语》里面也有，几乎相同，但唯独没
有最后的"洛阳纸贵"这一段。今人因此怀疑，是《晋书》把这个
典故从名声不太好的庾阐头上给移到了左思头上。

　　不管出处到底是哪一个，大概都会有人觉得，这也太夸张了，

一个王朝都城，抄几本书而已，纸张就不够用了？这还真有可能。按史书记载，或者说一般意义上讲，造纸术是东汉的蔡伦改良后才有实际应用价值的：

> 自古书契多编以竹简，其用缣 [01] 帛者谓之为纸。缣贵而简重，并不便于人。伦乃造意，用树肤、麻头及敝布、鱼网以为纸。元兴元年，奏上之。帝善其能，自是莫不从用焉，故天下咸称"蔡侯纸"。
>
> ——《后汉书·蔡伦列传》

　　蔡伦担任尚方令的时候，组织工匠尝试使用树皮、破渔网、破布、麻头等原料造成适合书写的植物纤维纸。那时候没有大机器，全靠人工制造，纸张产量和质量都还不能完全令人满意。从东汉蔡伦到西晋左思时代不过一二百年，虽然造纸术的工艺水平和产品质量有了很大提高，已经成为民间文学作品的主要载体，但还没有完全取代简帛，特别是官方文告和正式文书，仍然很少使用纸张。一直到东晋晚期，才有桓玄下令以纸代简，宣告竹简正式退场。在隋唐之前，纸张的市场存量一直不算大，生产能力也有限，加上古代物流业不发达，局部地区的纸张市场一旦出现大的波动，本地存货用尽，外地纸张一时运不过来，价格自然就会上涨。

---

[01] 缣，音 jiān。

换了现在，造纸厂使用大型机器设备，使用产量丰富的树木、芦苇、秸秆、杂草都可以造纸，甭管你是《哈姆雷特》还是《哈利·波特》，印多少书也不太可能让纸张价格疯涨。而且近年来包括手机、平板电脑、电纸书等电子阅读设备越来越方便，图书本身销量就更难以影响纸张的价格了。

话说回来，这个成语洛阳纸贵本身的故事就有许多令人感慨之处。左思小时候，学习也不怎么样，书法、乐器练了半天没一个考级能过的。他那个白手起家、靠着办事干练做了官的父亲就有些看不起他了，说："我这儿子的学问啊，还不如我小时候呢。"——他自己都不以学问见长，还这么说，这嘲讽可谓相当之凶狠，放到现在这绝对是家庭教育当中冷暴力的典型案例。还好左思受到刺激以后没有一蹶不振，反而是更加勤奋学习。长大以后他虽然不善言辞——也许就是冷暴力的结果，但是写的文章却辞藻壮丽。

学有所成之后，他先是小试牛刀，用一年时间写了一篇讲述临淄地理历史人文的《齐都赋》（现已失传，仅存部分残篇）。写成之后他有了信心，决定挑战高难度项目，写一篇《三都赋》，把三国时魏都邺城、蜀都成都、吴都南京的地理、人文、历史、景观统统写入赋中。为写《三都赋》，左思多方收集大量的资料，在家门口、庭院里、厕所里，都摆放着笔和纸，偶尔想出一句，马上就记录下来。他闭门谢客，苦写十载（一说十二载），凝结着他无数心血的《三都赋》终于写成，这才有了后面的精彩故事。

十年几乎不出门，这真不是一般人能做到的——实实在在的一个大宅男啊。不过，左思本来也不喜欢出门，有个重要原因是他长得不好看，因为这个长相还成了一时的笑话。按照《世说新语》记载：

> 潘岳妙有姿容，好神情。少时挟弹出洛阳道，妇人遇者，
> 莫不连手共萦之。左太冲绝丑，亦复效岳游遨，于是群妪齐
> 共乱唾之，委顿而返。
>
> ——《世说新语·容止》

潘岳，也就是潘安潘少，一位活在魏晋时代的小鲜肉，出门游玩总被众多热情小姐姐围堵。而左思这位有志的文学青年，长得奇丑无比，竟然模仿潘少去大街上转了一圈，没想到人间惨剧上演了——满街妇女由大妈们带头围着左思吐口水。失魂落魄的左思狼狈回家，大概是痛定思痛——这看脸的时代，没有颜值就拼才华吧。左思的逆商非常高，别人的侮辱嘲讽对他来说就是一把把成就咸鱼的盐，他不甘心受到这种鄙视，开始发愤学习。

另有传说，当初学潘安驾车出游的不是左思，而是张孟阳，也就是皇甫谧找来给《三都赋》作注的张载，这家伙同样长得丑陋但文笔奇好，估计也是同病相怜，才愿意下功夫给左思作注吧。

同是一篇文章，忽而被贬得一钱不值，忽而又名噪一时，这种现象在史上并不少见。君不见不久前，《哈利·波特》的作者匿名投稿也被出版社拒稿。左思这条无人看好的咸鱼，能够十年一翻身，除了自身才华之外，他懂得借势营销是个非常重要的因素。左思平

时鄙夷豪门，厌弃权势，从不借自己在皇宫里做妃子的妹妹谋好处，但这时候也知道要自我推销了，要知道，再好的文章没人在圈子里为你背书也不行，势利的时代是不会有人珍惜一位草根的心血的。到东晋就有人匿名写《左思别传》，诬蔑说那些名人作序、评论都是左思冒名自己写的。要不是《三都赋》经过营销活动之后名满天下，相关事情广为流传，真不知道会怎么样呢。左思也许会作为自不量力和东施效颦一般的人物被人记住，甚或留下左思效潘、妪唾太冲这类的成语也未可知。所以啊，该自我营销的时候切切不要犹豫——当然，也得你有拿得出手的成就在先。

买椟还珠

新时代的消费观

有个笑话讲一个北京人去买鹦鹉。

"老板，鹦鹉多少钱一只？"

"八十。"

"笼子多少呢？"

"一千。"

"怎么笼子比鹦鹉还贵？太离谱了吧？"

鹦鹉突然开口：

"你牛啥呢！你以为你比房子值钱吗？"

笼子比鹦鹉贵，包装比里面的商品贵。要是这北京人买了鹦鹉笼子，然后把这讨厌的鹦鹉丢回给店主，那这行为就是所谓的"买椟还珠"了。

买椟还珠这个成语典故出自战国时代的《韩非子》：

楚人有卖其珠于郑者，为木兰之柜，薰以桂椒，缀以珠玉，饰以玫瑰，辑以羽翠^[01]。郑人买其椟而还其珠。此可谓善卖椟也，未可谓善鬻珠也。今世之谈也，皆道辩说文辞之言，人主览其文而忘其用。墨子之说，传先王之道，论圣人之言，以宣告人；若辩其辞，则恐人怀其文，忘其用，直以文害用也。此与楚人鬻珠、秦伯嫁女同类，故其言多不辩也。

——《韩非子·外储说左上》

这个寓言说，有个楚国人到郑国卖一颗珍珠，用香木加上香料啊珍宝啊鲜花啊羽毛啊作装饰，做成一个精美华丽的盒子，把珍珠放在盒子里。结果郑国人买了盒子却把珍珠还给楚国商人。其实，韩非子的本意是挖苦这个楚国人包装太华丽，却掩盖了他想要出售的货物主体珍珠的价值，本末倒置，用来讽刺那些言辞过分华丽，让人搞不清他们要阐述什么道理的文人，用以和言辞朴实的墨子做对比。

但这个成语在流传过程中意义发生了变化，后来人们再用买椟还珠这个成语的时候，挖苦的对象变成了郑国顾客，比喻没有眼光取舍不当，讽刺那些不了解事物本质，主次不分、舍本逐末的人。至迟到宋代，这个用法已经基本固定了下来。著名学者程颐在这个意义上使用这个成语的一段话后来常常为人引用：

今之治经者亦众矣，然而买椟还珠之蔽，人人皆是。经

---

[01] 羽翠，一作翡翠。值得指出的是，这里翡翠指的也是鸟羽。

所以载道也，诵其言辞，解其训诂，而不及道，乃无用之糟
粕耳。

　　　　　　　　　——《二程集·与方元寀手帖》

　　时代走到今天，对这个成语的认识也许又该再变一变了。

　　先说取舍。二十年前，大家认为有钱了就买房买地是落后不思
进取的小农思维，有钱应该投资、做生意。但好多那时候埋头买房
买地的人，现在卖套房子就相当于一家上市公司的利润。当年卖了
房子去做生意的人，现在好多已经买不回来房子了！这不是笑话，
在北上广深，这就是现实。所以说很多时候，取舍的正确与否不能
教条地去判断，有的时候还有环境变化、时移势易的原因，甚至还
有运气的成分。安知那个"郑人"不是正好需要这么一个精美的盒
子另有用途呢？

　　进一步讲，安知这个"楚人"要卖的真的是盒子里的宝珠？有
个笑话里面就是这样。说有个古董商，看到一个老太太，脚边趴着
一只猫，旁边放着个猫食碗。他觉得这碗看着有些奇特，多看了两眼，
嚯，古物！稀罕。看来这老太太不识货，这么好的东西当作猫食碗。
古董商琢磨着想捡个便宜，就跟老太太说看上这猫了。好说歹说，
花了两三倍的价钱把猫给买了，然后装作不经意地提了一句，说这
猫碗就送我吧。老太太说那可不行！靠这碗我一个月卖好些猫呢！

　　再说主次。古时，"买椟还珠"的故事，虽然向人们揭示了买
者不识货，客观上也肯定了"椟"，也就是商品包装的材质外观，
让买者爱不释手。从商品交易出现开始，商品包装便已走进人们的

生活。包装保护商品不受损害，方便运输与储藏，更重要的是促进了商品的销售，满足人们的审美需求。

中国人可能受到"买椟还珠"这种重实质而轻外在的思想影响，在历史上长期不重视商品包装和外在宣传，甚至还有"酒好不怕巷子深"这种口号。在古代社会，商品经济不发达，可能还无所谓。工业革命以后，商品经济越来越发达，这可就很不妙了。中国商品在国际上中高端市场往往竞争不过日本商品，有时候就是输在了包装上。作家梁实秋当年就观察到这么个现象：

> 茶叶是我们内销外销的大宗货，可是包裹实在太差劲了。首先，内销的货不需要写上外国文字，外销的货不可以随便乱写洋泾浜的英文。早先的茶叶罐大部分使用的铅铁筒，并不严丝合缝，有时候又过于严丝合缝，若不是"两膀我有千钧力"还很不容易扭旋开。罐上通常印上一段广告，最后一句照例是"请尝试之方知余言不谬也"。一般而论，如今的茶叶罐的外表比从前好，但亦好不了多少，不论内销外销几乎一律加上英文字样，而且那英文不时地令人啼笑皆非。有人干脆大书 Best Tea 二字，在品尝之后只能说他是大言不惭。至于色彩，则把我们最擅长的大红大绿五颜六色一齐堆了上去，管他调和不调和，刺不刺目，先来个热闹再说。有时候无端地画上一个额大如斗的南极老人，再不就是福禄寿三仙、刘海耍金钱。如果肯画上什么花开富贵、三羊开泰，那就算是近于艺术了。

日本人很善于包装，无论食品，还是用品，在包装方面常能给人以清新之感，色彩图案往往是极为淡雅。虽然他们的军人穷凶极恶，兽性十足；虽然他们的文官篡改史实，恬不知耻，他们在日常生活用品上所投下的艺术趣味之令人赞赏是无可争辩的。日本并不以产茶闻名，但是他们的茶叶包装精巧美观。他们做的点心饼干之类并不味美，但是包装考究。他们一切物品的包装纸，都是经过精心设计的。该诅咒的我们诅咒，该赞赏的我们不能不赞赏。

——《不淡定的中国人》

楚国人把珍珠装在精美的盒子里，这在现在看来是多么正常的事情！国际上大牌的珠宝首饰、腕表、我们国内的名烟名酒、名贵滋补药材、月饼、茶叶以及各种礼品，可以说在包装上极尽奢华，有时候我们都会怀疑，外包装是不是会超过里面的产品本身。虽然环保人士指责这些做法浪费资源，但是存在即合理，在商业竞争如此激烈的今天，商家要在每一个环节每一个细节上展开竞争。精美的包装能给消费者带来心理暗示，使人感觉这个产品质量更好、档次更高，从而增强竞争力，这是商业规律。

在商场，从柜台到货架的摆放上，从食品到化妆品，都能给人一种美的点缀和美的愉悦。儿童用品和妇女用品的包装往往尤其精美。这些商品包装，都普遍有着很高的审美价值，有些简直就是艺术品，余韵无穷。更典型的是服装服饰，如果仅仅为了满足遮蔽身体和保暖的要求，那么套个麻袋也能解决问题。然而现在服装卖的是设计。为什么同样的面料，国际大牌时装能卖几万元一套，小厂的服装卖几百元，差的就是设计和品牌的溢价。人靠衣装，佛靠金装，产品靠包装。

当然，产品质量保证是必不可少的，一款符合产品的"外衣"包装也很重要，产品的包装可以作为一种投资来看待，它可以带来直观的效益，通过包装自身传播来实现销售及客户转介绍。好的包装，能直接吸引消费者的视线，让消费者产生强烈的购买欲，从而达到促销的目的。想让企业的产品品牌独具吸引力，那就要在包装上下些功夫，提升产品竞争力，保持遥遥领先、独占鳌头的优势。

在"刷脸"的时代，包装就是"面子"。话说回来，"过度包装"，显然针对的仅是"买的是档次、送的是面子"的小众群体，而失去的是大众。"过度包装"往往会使商家沦为"买椟还珠"当中的"楚人"，也势必导致部分消费者"用脚投票"。

所以说，在时代已经变化了的现代，我们再回头看买椟还珠，顿时觉得讽刺的意味减少了很多。当然，这世界绝大部分事情还是有规律可循的，我们也不能把命运全都寄希望于赌运气、捡漏，以及故意不走寻常路。只是我们可以更宽容地看待那些特立独行的人，不要轻易去讽刺挖苦他们。就像二十年前讽刺买房者的那些朋友，现在被"piapia"打脸，独自"duangduang"捶胸顿足，追悔莫及。

闭目塞听

过马路别玩手机

　　现在智能手机普及率高，都市里"低头族"越来越多。不管是行人、骑自行车的还是机动车驾驶员，只要有一个看手机不抬头的，就很容易造成交通事故。

　　有一天傍晚我开着车正常通过绿灯路口，突然从侧方横冲出一个骑着共享单车的年轻女孩，所有汽车响起了一片急刹车声，可这女孩跟没看见一样，晃晃悠悠骑着自行车闯过红灯而去了。我们刹住车的时候仔细看了一眼，女孩戴着耳机，左手扶着车把，右手拿着手机低头看，根本没有看红绿灯，也没有看过往车辆情况，速度还不慢，把我们这些驾驶员吓得一头汗。她倒是跟没事儿人一样，什么都没看见，什么都没听见——这些人简直就是"闭目塞听"啊！

　　闭目塞听这个成语，一般认为出自王充的《论衡》。王充就是汉代那位赫赫有名的思想家，提出人有生即有死的无神论者，这在当年可是颠覆性的言论，另外他对养生似乎也是颇有研究。在《论衡》的结尾处，他讲述自己生平的时候有这么一段话：

> 章和二年，罢州家居。年渐七十，时可悬舆……乃作《养性》之书，凡十六篇。养气自守，适时则酒，闭明塞聪，爱精自保，适辅服药引导，庶冀性命可延，斯须不老。既晚无还，垂书示后。惟人性命，长短有期，人亦虫物，生死一时。年历但记，孰使留之？犹入黄泉，消为土灰……命以不延，吁叹悲哉！
>
> ——《论衡·自纪篇》

把这段话翻译过来是说：他辞去州里的官职回家闲居。年纪已近七十岁，确实到了告老退休的时候。年老体衰的他写了本书叫作《养性》，提倡养育精气保护身体，适量吃饭，节制饮酒，不问世事，爱护精力，注重保养，还适当地辅以药物，做做健身操，希望寿命可以延长，短时间内不会过度衰老。但是死亡终究不可避免，实在令人悲哀。

这段话当中的"闭明塞聪"，就是成语闭目塞听的由来。明，指视觉；聪，指听觉。所谓"聪明"，就是从"耳聪目明"来的，原指人的视力和听力好，后来转义为形容人的智力高。

古人认为眼耳鼻口都是身体的窍门，会损耗精气神，经常闭目养神能达到养生的效果。生活中很多人大概都有类似的感觉：困倦的时候闭上眼睛打个小盹儿，精神就会好些。其实这个观点由来已久，春秋战国时代老子也有类似的观点，叫作"塞兑闭门"：

> 塞其兑，闭其门，终身不勤。开其兑，济其事，终身不救。
>
> ——《道德经·第五十二章》

塞上感官的进出口，关闭感官的门户，便可与大道相接，终身不会有烦扰之事。开启欲念的感官，为满足你的欲求而行事，终身都不可救药了。

王充的"闭明塞聪"从形式到内容显然都是模仿老子的"塞兑闭门"，用的也是老子的本意：不听不看不受打扰，安神养生，算是个好事情。但是在秦汉，这个词其实已经逐渐换了个意思：闭上眼睛不看，堵住耳朵不听，对外界事物不闻不问。这个变化至少可以追溯到秦二世时代，李斯的上书当中有这么一段话：

> 李斯……乃阿二世意，欲求容，以书对曰：……是以明君独断，故权不在臣也。然后能灭仁义之涂，掩驰说之口，困烈士之行，塞聪揜[01]明，内独视听，故外不可倾以仁义烈士之行，而内不可夺以谏说忿争之辩。故能荦然独行恣睢之心而莫之敢逆。
>
> ——《史记·李斯列传》

---

[01] 揜，同"掩"。

　　李斯"塞聪揜明"——塞住自己的耳朵，遮住自己的眼睛，拒绝来自外界的信息——的时候硬是勉强把这说成好事，秦二世看了非常高兴，于是听从这个建议，在作死的道路上继续一路飞奔……终于把大秦帝国给搞得"二世而亡"了。这个成语自然也就有了形容一个人刚愎自用、盲目自大、不听取别人意见建议的意味，之后借用了王充"闭明塞聪"的造词结构，逐渐演变成现在闭目塞听这个成语。

　　无独有偶，另一个老子创造的好概念后来也变成了坏词，也跟前面说到的低头族密切相关，那就是"听而不闻"：

　　　视之不见，名曰夷；听之不闻，名曰希；搏之不得，名曰微。

——《道德经·第十四章》

　　老子的这个话，是形容"大道"的伟大品质的。可没多久，这话就开始变味了：

　　　所谓修身在正其心……心不在焉，视而不见，听而不闻，食而不知其味。

——《礼记·大学》

　　修养自身的品性要先端正自己的心思。心思不端正就像心不在自己身上一样：虽然在看，但却像没有看见一样；虽然在听，但却像没有听见一样；虽然在吃东西，但却一点也不知道是什么滋味。到这里听而不闻成了"心不在焉"的外在表现，是不好的了。

如果说"闭目塞听"当中手机是让人"闭目""视而不见"，那耳机制造出的就是"塞听""听而不闻"的效果了。耳机将外界的声音挡在了外面，而后用这些律动的节奏刺激你的大脑，从而营造一个与世隔绝的世界，这是大脑和音乐合作的虚拟世界。音乐比起绘画、文学乃至电影来，是最能让人想入非非的，它就像空气一般，看不见摸不着，却可以把一切空间充塞，让人浮想联翩，悠然意远。耳机在造就某种封闭的状态，将周围都暂时屏蔽起来，让音乐充塞一切，恍如一个有自身完整性的世界，可以整个浸泡在里面。而对周围真实世界的刺激，却处在隔离的状态中。

掌门小的时候，第一次听随身听就是在课堂上，插着耳机自己沉浸在小虎队的《青苹果》里，那个感觉我到现在都记得，好像全世界就剩下了我和小虎队，什么老师啊，课本啊，同学啊，根本就不存在的，从来没有的过的体验，太神奇了，我的天啊，这就是walkman吗，一起嗨啊！大家可以想象一个英俊少年在课堂上低着头戴着耳机面红耳赤摇头摆尾哼歌的样子吗？没多久，掌门觉得不对，除了小虎队那哥儿仨之外，好像还有好多人在看着我，一抬头，奇怪啊，怎么很多同学都在看着我，还不停地笑，而且只有表情没有声音，太诡异了，吓死宝宝了，就这时候突然被什么东西打中了脑袋，掌门腾地就坐了起来，耳机也被扯掉了，揉着脑门的同时耳朵里也瞬间传来了同学们哄堂大笑的声音，紧接着就是老师的怒吼："上课听音乐唱歌，还五音不全，气死我了，滚出去！"

从生理上说，青少年长时期戴耳机，对听觉系统的发育不利，特别是音量开太大以后会损伤听力，盯着手机屏幕看太久也不利于保持良好的视力。这点老子同样早就提到过：

　　五色令人目盲，五音令人耳聋。

——《道德经·第十二章》

现在的手机彩色屏幕可不就是五彩缤纷，耳机里的音乐可不就是五音俱全？

从心理上说，"闭目塞听"隔绝了对外部世界的感知。每个人都是社会网络系统中的一员，应随时从中得到信息，戴耳机看手机无疑是将外界的信息联系隔绝了，过于沉浸在自我世界中，往往出现对他人漠不关心、麻木不仁的现象。耳机少年在公共场所要少玩会儿手机，耳机也可以适当摘下来一阵，接受来自外界的信息，听听看看市井百态纷繁世相，投入到真实的人际交往中，而不是自顾自摇头晃脑吟唱不已。

不过，也有时候人需要"闭关修炼"，这时候正好就要"闭目塞听"，返观内照，不受诱惑，方能有所成就。比方说已故的苹果公司掌门人，万千果粉心目中的大神，让智能手机迈入新时代的乔布斯，他就经常在空荡荡的屋子里独自一人打坐。后来的IT大佬们像马云啊、张朝阳啊，也经常效法这种行为。据说，这样"闭目塞听"一下，对做出正确决策可是很有帮助的。

总之，闭目塞听究竟是好事还是坏事，还得看你用在什么场合

什么情况下。如果你在幽雅安静的佛堂、瑜伽馆、自家卧室里，闭上眼睛塞上耳朵享受清静安宁的时光，那就是养生，就是健康，就是美妙的人生。而如果你在大街上走路却拿着手机刷微信、戴着耳机听音乐那可挺危险——即便你是戴着耳机听我讲成语，那也是不行的！

山鸡舞镜

死于自恋的野鸡

先说个段子：有一对情侣因为小事吵架，女方生气了，"吧啦吧啦"狂喷男生，男生解释、道歉半天也没用，这时候男生忽然掏出手机跟女生凑在一起自拍，女生马上不嚷嚷了，摆出各种 pose，男生不断变换位置，连拍了100多张，女生一直配合各种笑容各种卖萌，拍完后男生马上开始选图、修图，让女生选择一些发朋友圈。经过一番忙碌，女生早把吵架的事忘了。发完朋友圈，两人欢欢喜喜搂着吃饭去了！

看来，要引起女人的注意或者转移注意力，和她自拍是个好办法！

现在的照相设备越来越先进，操作越来越简便，直接带来了一股自拍的狂潮。海量的自拍充斥着社交媒体，不但那些女神明星的自拍引人围观，而且像高晓松、岳云鹏等辣眼派的自拍也能掀起网友一波又一波的高潮。

对于自拍这种现象，国内外很多社会学、心理学机构做过很多调查研究，结果显示，女性自拍并发送到社交媒体展示的意愿比男性高2～3倍，女性拍照后美化、修图的意愿更是比男性高5倍以上。研究者解释说，这是动物界普遍存在的"自恋"心理。同时，女性比男性更喜欢展示美丽的行为，是因为长期的父系社会中，女性越美丽，越受人喜欢，就越可能获得更多的资源。

如此一说，我就恍然大悟，这种心理古已有之，古代虽然没有自拍设备，但是古人也懂得利用这种心理，我们今天就借成语山鸡舞镜讲讲自拍的古今对照。

山鸡，也就是"雉鸡"。有人说它们有一个特性：只要走到河水边，瞧见水中自己的倩影，就会忘乎所以地翩翩起舞，一边跳舞，一边欣赏着水中自己曼妙的舞姿，颇有点顾影自怜的意思。据说，一千八百年前，曹冲就领悟到了这一规律。对，曹冲就是六岁称象的那个聪明孩子，又叫作公子苍舒。

> 山鸡爱其毛羽，映水则舞。魏武时，南方献之，帝欲其鸣舞无由。公子苍舒令置大镜其前，鸡鉴形而舞，不知止，遂至死。
>
> ——《异苑·卷三》

南朝的刘敬叔记载了这么个故事：三国时期，有一年，南方的孙权献给曹操一只极其美丽的山鸡，那山鸡的羽毛华丽，色彩斑斓，十分逗人喜爱。可能是有人见过这玩意儿唱歌跳舞，就提到山鸡鸣叫起舞时更加美丽动人。汉献帝听了就想见识见识。虽然是个傀儡皇帝，但这么点小愿望总得满足吧。可是无论人们想尽各种办法，山鸡在殿堂上就是既不肯鸣叫也不肯起舞，弄得众人束手无策。

曹操的儿子曹冲这时候登场了。曹冲是曹操的第七个儿子，字苍舒。这个字可是有来头的：

> 昔高阳氏有才子八人，苍舒、隤敳、梼戭、大临、龙降、庭坚、仲容、叔达，齐、圣、广、渊、明、允、笃、诚，天下之民谓之八恺……舜臣尧，举八恺，使主后土，以揆百事，莫不时序，地平天成。
>
> ——《左传·文公十八年》

高阳氏是上古的帝王家族。用这家族里的头号才子、上古贤臣的名字作为曹冲的字，可见曹操对这个早夭的聪明儿子有多器重。

聪明的曹冲看了那山鸡一眼，命人取一面铜镜放在山鸡面前。这铜镜跟我们在博物馆里面看的那些锈迹斑斑的不同，打磨得锃亮通透，照出来的影像效果不比现代玻璃镜差太多。山鸡在铜镜前看到自己色彩斑斓的羽毛，就仿佛在明净的湖面上看到了倒影一样，陶醉其中，居然连连欢叫，情不自禁地翩翩起舞。

有人说，所有人都看呆了，赞叹不已，忘了把镜子抬走。山鸡越舞越得意，竟不知停歇，直至倒地死去。后来便以"山鸡舞镜"为顾影自怜的比喻，也叫"山鸡映水"。看看吧，古代没有手机来自拍，拿个镜子也是一样的效果啊！

古代人以为这些山鸡是自恋狂，就像古希腊传说里面那个美少年纳西瑟斯一样。据说有好多美女看上他，他呢，偏偏一个都瞧不上，冷酷地拒绝了所有妹子。最后他遭到了报应：爱上了自己在水中的倒影，不眠不休不饮不食地盯着看，最后憔悴而死，变成了水仙花。不过这是神话传说，动物不至于这么自恋。从现代科学的角度看，这故事有另一种解释。

长着漂亮尾羽的山鸡，肯定都是雄性的——鸟类以及很多动物都跟人类相反，长得好看的尽是公的。这些漂亮的羽毛，就是山鸡用来炫耀自己的一种装饰。当然，炫耀的目的不是给人看，而是给母鸡看的。到了繁殖的季节，雄山鸡要先搭建好窝巢——相当于单身汉买了大房子，然后打扮自己，就等母鸡上门。只要发现有母鸡来了，雄鸡就开始兴奋地跳舞，把能亮出来的本事都拿来炫一遍，好博得芳心。

要是几只雄鸟遇到了一起，就会争先恐后地展示自己漂亮的羽毛，对着母鸡不停地跳着美妙的舞蹈，一面放开歌喉，发出悦耳动听的鸣叫声，等待母鸡的挑选，或者等有自知之明的竞争者主动退让。当公鸡不易啊，前面说的那只活活累死的山鸡，就是把镜子里的自己当成了竞争对象，所以才拼命地跳舞，不想"双方"实力一致，最后脱力而亡。

说句题外话，想出这个主意的曹冲，十三岁上就夭折了。曹操最喜欢的两个儿子，聪明过人的曹冲早夭，嫡长子曹昂战死，如果这两人不死，也许历史也会发生改变。

再说一个神回复段子，有人在问答网站上问：请问现在效果最好的化妆品是哪个品牌。神回复：美图秀秀！——声明一下，我这没有做广告，所以我补充一下，答案还可以是"美颜相机""魔图""美妆相机"，等等，都可以啊！

自拍这事儿，光拍完哪行啊，必须得美、得漂亮才能上传。万能的软件开发程序员，感谢你们！去什么韩国？哪个是泰国？一个修图软件，可以磨皮、削骨、垫鼻梁、开眼角、美白，想怎么美就怎么美！

所以很多相亲的男生回来都愤愤不平地说：二姨给我看照片的那个女生，跟今天来的那个根本不是同一个人嘛！另外新的社会道德准则又增加了一条：你在社交媒体发照片，千万不要发闺密、女同学、女同事以前的或者素颜的照片、合影，这是很招人痛恨的行为。

美颜美过头，连你妈都不认识这张照片，这种做法说粗俗点叫作挂羊头卖狗肉，不过也有个雅致的说法——鬻鸡为凤。

伏念鬻鸡为凤，有识咸惊，投砾参琼，良知足鄙。

——《谢试官启》

鬻鸡为凤就是说把鸡装扮成凤凰卖出去，投砾参琼就是把石头当美玉，这些人都不是好东西，良心大大地坏了，指以次充好、混淆优劣。这话的原作者黄滔——是的，就是"探骊得珠"的成语含义衍变中起到重要作用的那位——这里是代人在正式回答问题前先自谦一下，说自己水平很低，提的意见对皇帝来说只相当于富人不屑于吃的芹菜之类的，类似后来辛弃疾说自己是"野人"，但后来就用这话实指那些确实黑良心的货色了。

一个人自拍，自己给自己美颜修图好说，那要是闺密们合影或者一群人合影，那可怎么办？你去网上搜文章，好多好多好多吐槽的：楼主说跟闺密合影，闺密只给她自己美颜修图美美哒，发了朋友圈楼主一看，闺密光彩照人，楼主丑八怪。于是楼主大骂闺密"心机婊"。其实也别互相吐槽了，说实话，你要是同时看两个闺密同时发到朋友圈的合影自拍，你会看到四个人，长相完全不一样，必定是一丑一美，一个是脸若饭盆状若呆傻，一个是兰心蕙质颠倒众生。

前不久，有一个品牌推出了一款新手机，发布了广告——因为该品牌没给我们广告费，所以我就不说它名字——新手机有一个黑科技叫作"机主识别"，就是说该手机的相机在拍照时，能够自动识别出机主，然后只给机主美颜，不给其他人美颜，广告词说"让你从容应对闺密政治"。"额滴神呀！"闺密自拍都上升到政治斗争了，还能不能愉快地吃着火锅唱着歌了？！

好吧，只给机主美颜，不给别人美颜，用成语说就是为了让机主"鹤立鸡群"。晋朝的戴逵有这么一段文字：

> 嵇[01]绍入洛，或谓王戎曰："昨于稠人中始见嵇绍，昂昂然若野鹤之在鸡群。"
>
> ——《晋书·列传第五十九》

---

[01] 嵇，音jī。

　　仙鹤这东西，羽毛白的白黑的黑，长脖子，还一双大长腿，特好看。鹤站在鸡群里，那是非常之显眼，所以人类就用这个来比喻一个人的仪表或才能在周围一群人里显得很突出。

　　自拍呢，就当是写篇日记，不同的是小时候写日记生怕家长、老师、同学们看见，要上锁，藏箱子底。现在拍照片当日记，生怕别人看不见，最恨别人不点赞。各位，你们要是不点赞，我也发辣眼睛自拍要你们好看！

嗜痂成癖

令人颤抖的吃货

　　我上小学时，有同学爱吃墙皮爱吃土，放学路上沿着墙边，拇指和食指一抠，一撮土放到嘴里就吃，吃得特别香，还挑食，不是陈年老墙不吃，拦都拦不住，老师请他家长，回家之后吊起来打，都没有用，依然我吃故我在。那时候电影院放电影，正片开始之前，都会先放一个十分钟的短片，俗称加片，一半都是科教片农业片。有一回就专门讲了孩子吃土的事儿，认为是孩子体内缺锌等元素所导致的。为此我还专门跑到那个同学家，很认真地给他父亲讲，你家娃吃土不是恶习，是有病，得治。

　　等当了《走近科学》的主持人后，这样的事儿就见多了，爱吃土爱吃沙子都不算什么，喝汽油吃玻璃吃肥皂吃海绵吃六六粉我都见过，总体而言这都是病，是异食癖。

　　异食癖是因为代谢机能紊乱，味觉异常

和饮食管理不当等引起的一种非常复杂的多种疾病的综合征。过去人们一直以为，异食癖主要是因体内缺乏锌、铁等微量元素引起的。目前越来越多的医生认为，异食癖主要是由心理因素引起的。但是对于其真正成因和治疗方法的研究却没有任何实质性进展。

异食癖不是现在才有的事情，我们下面要谈的成语"嗜痂成癖"就是讲古人的异食癖。

南北朝时候，刘宋开国功臣南康文宣公刘穆之的孙子叫作刘邕。在《异苑》和后来的《南史》《宋书》中都讲了他的一个奇特嗜好，其中《异苑》最早，《宋书》则内容最丰富：

> 东莞刘邕性嗜食疮痂，以为味似鳆鱼。尝诣孟灵休，灵休先患炙，疮痂落在床，邕取食之。灵休大惊，痂未落者悉褫取饴邕。南康国吏二百许人，不问有罪无罪，递与鞭，疮痂常以给膳。
>
> ——《异苑》

> ……灵休大惊。答曰："性之所嗜。"灵休疮痂未落者，悉褫取以饴邕。邕去，灵休与何勖书曰："刘邕向顾见啖，遂举体流血。"
>
> ——《宋书》

这里的东莞可不是广东那个，而是现在山东日照的东莞镇，刘邕家祖籍在那边。这家伙有吃人身上的疮痂的爱好，他觉得吃起来味道像鲍鱼一样。有一次他去拜访临汝公孟灵休，正好孟灵休得了炙疮，疮痂满床都是，刘邕也不客气捡起来津津有味地全吃了，孟灵休吓坏了，看他意犹未尽的样子，只好狠心把身上还没有脱落的疮痂都抠下来给刘邕吃。后来孟灵休写信给何勖[01]说："不久前刘邕到我家，我招待了他，弄得我浑身流血。"你说你一个功臣之后，堂堂的南康郡公，为什么要吃别人身上的嘎巴！难道是因为嘎巴不花钱吗？

这还不算，后面更凶残。为了让自己吃个开心，他的封地南康郡——现在的江西于都附近地区，那里的大小公务员合计二百来号，不管有罪没罪，都要轮换着挨鞭子，好保持源源不断的疮痂给他吃。这个刘邕必是个残暴凶恶之人，欺压、鱼肉下属及百姓，很多无辜者被他打得体无完肤，而他却吃得不亦乐乎。这种既古怪又邪恶的行径自然臭名远扬，以至于上了史书。后人因此就用"嗜痂成癖"比喻人有怪异的癖好或不良嗜好，爱好怪诞的事物已成为一种癖好。

这么恶心的事儿，历史上还挺多的，唐代诗人温庭筠[02]编过一个集子《乾馔子》。按照作者本人在序言里面的解释，这书名的意思是说故事有趣，可以拿来下饭，里面也都是些各种奇奇怪怪的小故事，有点类似于《世说新语》。这书里面也讲了两个异食癖的例子。

---

[01] 勖，音xù，勉励。
[02] 筠，音yún。

一个是晚唐曾经在福建掌管过盐铁院的权长孺。这位也是豪门出身——他的族叔权德舆做过宰相，又是文坛大佬，当时名重天下——却偏偏喜欢吃人的指甲。

> 狂士蒋传知长孺有嗜人爪癖。乃于步健及诸庸保处，薄给酬直，得数两削下爪。或洗濯未精，以纸裹。候其酒酣进曰："侍御远行，无以饯送，今有少佳味，敢献。"遂进长孺。长孺视之，忻然有喜色，如获千金之惠，涎流于吻，连撮啖之，神色自得，合座惊异。
>
> ——《太平广记》

有个叫蒋传的人知道了他这个怪癖，就花了点小钱，到处去收购人剪下的指甲，攒了好几两，粗粗洗了洗，用纸包好，看权长孺喝酒喝得高兴的时候献上。权长孺一看，高兴得不行，跟收到了重礼贿赂似的，甚至嘴里都流出哈喇子了，立马用手抓起来往嘴里送个不停。他吃得扬扬自得，在场的其他人则是惊得目瞪口呆了。

另一位也是晚唐重臣，鲜于叔明，这位不吃指甲，爱吃臭虫：

> 剑南东川节度使鲜于叔明好食臭虫，时人谓之蟠虫。每散，令人采拾得三五升，即浮之微热水中，以抽其气尽。以酥及五味熬之，卷饼而啖，云其味实佳。
>
> ——《太平广记》

每天他得吃个三五升的臭虫！

指甲下酒，臭虫卷饼，你们到底要干什么，我也是醉了。

不过跟古书上的另外一些记载比起来，前面这几位的癖好也还算正常了，明代陆容《菽园杂记》里面说，南京有个太监秦力强，喜欢吃胎衣；还有个国子监祭酒刘俊，喜欢吃蚯蚓。清末汪康年则在笔记里面记载了一个喜欢吃炭的长春姑娘。清代梁绍壬《两般秋雨庵随笔》里面说，吴江有位妇女，喜欢把死人的肠胃挖出来吃。最恶心的是据说还有爱吃狗屎的。唐代的贺兰进明是个著名奸臣，大坏蛋，讨人厌，所以后人就编排说他喜欢吃狗屎——清代空空主人《岂有此理·好食说》载："贺兰进明好啖狗粪。"清代小说《野叟曝言》里面甚至详细描写了一番演戏的演他如何吃狗屎的样子，细节栩栩如生，可见作者应该是……

这样的事太恶心，咱们就不再细说了，说点好玩的吧。

怪异的嗜好或者癖好，很多名人都有一些——那位说了，怎么非得名人呢？普通人也有很多人有怪癖的呀！好吧，我知道你也有怪癖，可是因为你不是名人，所以没人给你记录下来呀！能记录下来流传开去的怪癖，就是因为怪癖的主人是名人啊！

民国时候的苏曼殊就是一位被视为"怪人""畸人"的文学家。他多才多艺，能诗文，擅绘画。他十二岁、十四岁、十六岁三次出家，却始终没有脱离红尘，披着袈裟继续从事革命活动，动辄狂歌浩叹。他曾经奔赴泰国、锡兰、越南学佛，还曾经开坛说法，但一辈子大部分时间却不住在寺庙里。

他还跟现在有些姑娘小伙子似的，特别喜欢吃零嘴儿，对可可糖、粽子糖、八宝饭和各类糕点甜食尤其无法控制，所以他得了"糖僧"之别号。他曾自记在杭州"日食酥糖三十包"，小说名家包天笑曾有一诗调侃苏曼殊的嗜糖顽习："松糖橘饼又玫瑰，甜蜜香酥笑口开；想是大师心里苦，要从苦处得甘来。"有一次在上海，柳亚子收到家乡寄来的麦牙糖饼，正在一旁的苏曼殊竟一口气连吃了二十多个，直到吃得肚子痛生了病才停嘴。据说，他之所以对糖这么感兴趣，是因为他以为糖是茶花女所爱吃的东西，所以很乐意向她学习。有时没钱买糖，他就拔下口中的金牙换糖吃。他还喜欢喝冰水，也是喝到胀肚才停。

苏曼殊曾患脑疾、疮痛、寒疾、痢疾、咯血症、肠病、肝跳症等，这些病很多都有忌口，可他从不节制口腹之欲，甚至一边病一边继续猛吃——这也是另类的怪癖了。他曾写道："午后试新衣，并赴源顺食生姜炒鸡三大碟，虾仁面一小碗，苹果五个。明日肚子洞泄否，一任天命耳。"

其实，他这样狂吃猛喝多半是要以此缓解内心的忧伤。他身世不幸，少年时代就饱尝身体和心灵的痛苦；青年热心肠，曾经努力投入革命和改良事业，却发现康有为等一批名流从活动经费里捞钱，中饱私囊，种种行径丑恶不堪，令他难以接受，甚至痛苦不堪。陈独秀看出了苏曼殊的厌世情结，说："他眼见举世污浊，厌世的心肠很热烈，但又找不到其他出路，于是便乱吃乱喝起来，以求速死。在许多旧朋友中间，像曼殊这样清白的人，真是不可多得的了。"这样"但求速死"的结果就是，苏曼殊在35岁上就因为肠

胃病而死。才华横溢却英年早逝，实在可惜。

　　总而言之，别看媒体经常把异食癖当作奇闻异事报道，却实在不是什么好事，能改的还是改了好。实在改不了，也尽量不要影响他人，不要危及自己的身体健康。

室怒市色

消极是种传染病

　　踢猫效应，也被称为踢猫理论，描述的是一种典型的坏情绪传染过程，即人的不满情绪和糟糕心情，一般会沿着等级和强弱组成的社会关系链条依次传递，由金字塔尖一直扩散到最底层，无处发泄的最弱小的那一个元素，则成为最终的受害者。

　　踢猫效应的核心是人的情绪会随环境和其他外在因素的刺激而发生变化，当不好的事情使自己情绪变坏时，要在潜意识中控制自我的情绪，不要将这些不良情绪发泄到他人身上，让他人产生和你一样的不良感觉。今天我们要说的，就是古代形容踢猫效应的成语——室怒市色。

　　室：家；市：在外面；色：脸色。室怒市色，指在家里受气，到外边迁怒于人。

　　这个成语最早来自《左传》记录的一段

故事。有意思的是，虽然这个成语发生的时候是公元前523年，可是整件事的导火索却要追溯到公元前537年。

　　　　楚子以驲至于罗汭。吴子使其弟蹶由犒师，楚人执之，将以衅鼓。王使问焉，曰："女卜来吉乎？"对曰："吉。寡君闻君将治兵于敝邑，卜之以守龟，曰：'余亟使人犒师，请行以观王怒之疾徐，而为之备，尚克知之！'龟兆告吉，曰：'克可知也。'君若欢焉，好逆使臣，滋敝邑休怠，而忘其死，亡无日矣。今君奋焉，震电冯怒，虐执使臣，将以衅鼓，则吴知所备矣。敝邑虽羸，若早修完，其可以息师。难易有备，可谓吉矣。且吴社稷是卜，岂为一人？使臣获衅军鼓，而敝邑知备，以御不虞，其为吉孰大焉？国之守龟，其何事不卜？一臧一否，其谁能常之？城濮之兆，其报在邲。今此行也，其庸有报志？"乃弗杀……及汝清，吴不可入。楚子遂观兵于坻箕之山。是行也，吴早设备，楚无功而还，以蹶由归。

　　　　　　　　　　　　　　　　　　——《左传·昭公五年》

　　　　令尹[01]子瑕言蹶由于楚子曰："彼何罪？谚所谓'室于怒，市于色'者，楚之谓矣。舍前之忿可也。"乃归蹶由。

　　　　　　　　　　　　　　　　　　——《左传·昭公十九年》

---

[01] 春秋战国时期，楚国最高官衔，总揽军政外交大权，一般由楚国王室芈姓贵族担任。文中令尹芈姓，阳氏，名匄（音gài），字子瑕，楚穆王曾孙。

　　通俗讲呢，就是公元前537年，楚灵王率兵试图偷袭吴国，没想到半路上撞见了被派去劳军的吴王夷昧的弟弟蹶由。身边没有大军的蹶由毫不意外地被抓了。楚王威胁要杀掉他，把他的血涂在战鼓上祭祀，还嘲笑吴国占卜不灵——你出来之前肯定占卜过，得到"吉利"的结果才来的啊。后面还有句没说出来的台词：现在怎么的，小命眼看不保了呢。按照当时南方人民群众广泛迷信的情况，这种嘲笑简直比说吴王不举还来得严重。

　　楚灵王没想到的是这位俘虏居然还挺有胆有识的，出言反驳楚王的那番话说得是有理有节——你要杀了我呢，这么来势汹汹我们吴国就知道你不怀好意，有所防备，你占不到便宜。跟一国一城的得失比起来，我个人的安危算什么呢？这占卜结果再对不过了。要说这吉凶不及时……当年城濮之战前你们楚国占卜不也得到吉兆，结果却惨败，但是你们的占卜结果没错啊，因为过了三十五年，邲之战你们可不就大获全胜了吗。这次占卜的结果也许也是这样延后应验呢。

　　这一番话又骂又捧的，楚灵王反而不好意思杀他了。军队继续往前，结果吴国那边已经有了防备，楚王只好宣布"我们是来边境上和平阅兵的"，然后转了一圈回去了，带着唯一有价值的战利品蹶由。

　　回国以后，无功而返的楚灵王这一口气憋着无处可出，干脆就把蹶由圈禁起来，不杀也不放。这一关就是十四年，连楚灵王自己都在第十个年头一命呜呼了。

　　公元前523年，楚国打算再度起兵进攻吴国，先要在边境上筑城作为进攻基地。大概就是为这事，楚国的令尹子瑕在查阅吴国相关情报的时候想起了这位老囚徒。他琢磨了一下，感觉前任大王这事做得不地道，于是找了个合适的机会对亲自提拔他的楚平王说："蹶由这人，有什么罪过呢？谚语嘲笑说有的人自己在家遇到了恼火事情，却跑到外面对无辜者甩脸色，我们楚国的国际形象现在岂不是跟这种人差不多了？"楚平王听从了自己的心腹大臣的建议，释放了蹶由。而这句古代的谚语也由此进入史籍，转化为"室怒市色"这个成语。

古有室怒市色的故事，现代也有"踢猫效应"的故事：据说某公司董事长为了重整公司事务，许诺自己将早到晚回。并且规定：每一位员工必须按时上下班、打卡，将考勤与工资、奖金、福利等直接挂钩。董事长很积极地每天奔波于公司与家之间，即使一点事儿都没有，他也会早早来到公司打指纹卡，公司没人了才下班回家，这样一来员工也不好意思迟到早退了。

可是坚持了一阵子，董事长有点扛不住了，有天早上起晚了，虽说是一骨碌爬起来了，但早上的三环路那就是停车场呀，想想遥不可及的公司，望着纹丝不动的长龙，董事长顿时一股邪火就顶了上来，恨不得变身奥特曼一脚把前面的车都给踢飞了，不用想，他最后一定是迟到了。迟到的他对着打卡机咬牙切齿，心里的火儿没处可发，正好总经理来找他签字，这个送上门来的倒霉蛋被骂道："最近的业绩怎么回事？整天就知道瞎忙，一点成效都没有，不想干就滚蛋！"

　　董事长怒气冲冲地走了，总经理莫名其妙："业绩不好怪我啊，整个市场都不行，有能耐你自己上啊！"行政主管一看赶紧来打个圆场："总经理，您看看下周展会的嘉宾名单是不是这样就行了？"总经理就嚷嚷开了："大事小事都问我，要你干什么吃的？你那脑袋就是出气儿用的啊。再这样下去，你就主动辞职吧！"

　　行政主管心里想："谁说我没有动过脑子啊，我想了那么多方案，只不过要你一个意见罢了，你就坐在办公室里吩咐一声，我们就要忙死，到了你还不满意，什么玩意儿啊！"主管气不打一处来，看见正在印文件的秘书，也忍不住了："你到底行不行啊，就这么笨手笨脚的，当初就不该要你，哼！这批文件下午两点之前整不出来，明天你就不用来上班了！"

　　秘书是头一个来公司的人，刚刚摆弄好打印机，就这么被臭批了一顿，心里很不是滋味："我什么时候慢过？！要不是打印机坏了，哪会等到现在啊！"于是赌气把主管的文件摔到地上，可是冷眼一瞧，文件还不少呢！忍着气，没有把它给扔到碎纸机里去！就这样到12点也没忙完，气鼓鼓地吃不下饭，到一点半终于松口气儿。可秘书心里真不是滋味儿呀："自己整天加班都没有一句怨言！辛辛苦苦工作，连孩子都没有照看好，还挨训，凭什么啊？没有我你们能行吗！"

　　就这样，一天过完了，秘书闷闷不乐地回到家。进屋一瞧，儿子正在厨房里瞎捣鼓，顿时来了气："我说你这个败家子儿，哪天不让我操心，啊？我白养了你这么大，赶紧写作业去，不然下次我就把你丢到大街上，不要你了！"

068 ○ 掌门 讲成语

　　儿子满脸委屈，原本自己是心疼家里大人，想替她做点吃的，但看着盛怒的妈妈，却不敢出声，只好站到走廊里，朝自己的宠物——一只大花猫狠狠地踹了一脚。花猫"喵呜"一声，钻到沙发底下去了。花猫毕竟只是一只猫，不会再把怨气撒出去了。于是，从董事长堵车带来的怒气，转了一大圈，终于在无辜的猫儿被打之后消失了……

　　一般而言，人的情绪会受到环境以及一些偶然因素的影响，当一个人的情绪变坏时，潜意识会驱使他选择下属或无法还击的弱者发泄。这样就会形成一条清晰的愤怒传递链条，最终的承受者——猫，代表最弱小的群体，也是受气最多的群体。

　　孔子评价自己最心爱的学生颜回的时候表扬他"不迁怒，不贰过"，说自从他死了就再没这么好学的弟子了。不迁怒，不贰过，这两条看似简单，可是仔细想一想，要做到可没那么容易。不贰过，就是知错就改，不犯两次同样的错误。人们总说吃一堑，长一智，可是被同一块石头绊倒两次的人这世上还少吗？不迁怒呢，就是说自己有什么不顺心的事，有什么烦恼和愤怒，不发泄到别人身上去，你自己心情不好，不要拿不相干的人当出气筒——不要去"踢猫"。能够做到"不迁怒"，就是道德完善的一个外在标志。有的人因为乱发脾气，轻则导致人际关系紧张，重则导致做事失败。

　　生活中，每个人都是"踢猫效应"长长链条上的一个环节，遇到地位低自己一等的人，都有将愤怒转移出去的倾向。可是，当一个人沉溺于负面或不快乐的事情时，就会同时接收到负面和不快乐的事。当他把怒气转移给别人时，就是把焦点放在不如意的事情上，久而久之，就会形成恶性循环。好心情也一样，所以，为什么不将自己的好心情随着金字塔延续下去，让坏心情消散于无形之中呢？

　　不乱发脾气，不迁怒于人，更不要室怒市色。须知七情六欲皆可伤人，喜怒哀乐要不入于胸次。平日里练练瑜伽，蹬蹬单车，出出大汗，高高兴兴，听听掌门讲成语，何乐而不为！

以讹传讹

朋友圈谣言时代

一次我有点伤风，但因和几个朋友约好了吃晚饭，怕扫了大家的兴致，便不能不去。席间难受得大鼻涕都要流出来了，只好劳驾服务员给煮点可乐姜汤，还没等服务员应答，一朋友马上说"晚上不能吃姜，晚吃姜似砒霜"，听得我一愣，随口问了一句："谁说的？""网上都这么说。"好吧，你赢了。"服务员给我上一杯鲜榨生姜汁。"不吃姜喝姜汁总行吧？可饭桌上的葱姜炒花蛤就属他吃得多。

后来我找了个中医问了问，根本不是那么回事儿。人到了晚上，体内的阳气下沉，阴气上升，夜晚本是人体蓄养精气的时间，而这时候如果吃姜，姜性温，会使阳气上升，可能会破坏阴阳平衡，但绝不是毒药。那位朋友的行为，就是典型的以讹传讹，常见于微信朋友圈。

成语"以讹传讹"的意思是说，把本来

就不正确或不符合实际情况的话又不正确地传出去，越传越错。讹，也就是错误的意思，本作"譌[01]"。清代学者段玉裁指出：

> 讹，伪也……为伪譌古同，通用……《诗》曰："民之譌言"，今小雅作讹。《说文》无讹有吪。吪……讹者俗字。
>
> ——段玉裁《说文解字注》

关于以讹传讹，最著名的故事来自战国末年的《吕氏春秋》。

> 宋之丁氏家无井，而出溉汲，常一人居外。及其家穿井，告人曰："吾穿井得一人。"有闻而传之者曰："丁氏穿井得一人。"国人道之，闻之于宋君。宋君令人问之于丁氏，丁氏对曰："得一人之使，非得一人于井中也。"
>
> ——《吕氏春秋》

故事说，宋国有户人家姓丁，他家的院子里没有井，每天只好出门走好远去打水，费时费力，后来花钱请人在院子里打了一口井，这下好了，再不用每天出去打水了。这家人对邻居说："我打井（就如同）得到了一个人（一般）。"什么，井里挖出了人？很快宋国民众的朋友圈就炸了："听说了吗，老丁家打井，挖出来了一个大活人。"最后宋国的国君都惊动了，派人去问，听说你家井里挖出

---

[01] 譌，音é。

了个人？丁家的人回答说："打了井之后，能省下出外打水的工夫，像多了一个壮劳力，不是说我从井里挖出了一个人啊。"

这个故事告诉我们，以讹传讹容易导致谬误流传，而最可怕的则是某些人出于种种目的，断章取义，这样的例子比比皆是。滑稽的是，早期使用以讹传讹这个表述的，也正好是以讹传讹这一行动的实例：唐宋的术士们为了强调自己那些实际毫无科学依据的学说的正确性，就贬低其他说法是"以讹传讹"。唐代风水师杨筠松 [01] 的《青囊序》里就出现了这样的词句：

> 盖因一行扰外国，遂把五行颠倒编。以讹传讹竟不明，所以祸福为错乱。
>
> ——《青囊序》

说僧一行故意篡改了正确的风水五行理论，导致后世流传的都是错的——对的在哪儿？看我的啊……

现代人以讹传讹起来比古代人更厉害。比如爱迪生有句格言"天才是百分之一的灵感，百分之九十九的汗水"那是赫赫有名，从小班级教室里都会贴着类似的宣传画。但是，几年前国内开始盛传这个名言后面还有一句："但那1%的灵感是最重要的，甚至比那99%的汗水都要重要。"可能是从小被中国式教育虐怕了，这样的说法一出来，

---

[01] 一说作者是其徒弟曾文迪。

就受到极大的欢迎，众人都义愤填膺：是谁干的？骗了我们这么久。

有人专门去查了英文资料，看看爱迪生的原话是怎么说的，结果找到了这样的记录："我没有一项发明是碰巧得来的。当看到了一个值得人们投入精力、物力的社会需求有待满足后，我就一次又一次地做实验，直到它化为现实。这最终得归于百分之一的灵感和百分之九十九的汗水。"后面是还有半句，但这半句大意是"因此，天才不过是一个经常能完成自己日常工作的聪明人而已"——人家从没有说"灵感更重要"。

以讹传讹者不仅会编造外国科学家的名言，还伪造政要的言辞。比如："撒切尔夫人曾说过，中国不会成为超级大国，它只生产洗衣机和冰箱，不生产思想。如果汉语背后没有文化，文化背后没有思想，思想背后没有精神，这个神话也终究会消失。"

这句所谓撒切尔夫人的名言甚至被一些媒体引用过，可几年前有朋友用英文查证过，发现根本是子虚乌有，纯粹国人原创。有人在知乎上改写了这段话来讥讽这种伪造："撒切尔夫人曾说过，如果汉语背后没有文化，文化背后没有思想，思想背后没有精神，光TMD编造俺和乔布斯根本没有说过的话，那么中国永远不会是一个伟大的国家。"

在以讹传讹这一流行病的泛滥区域内，美食界更是重灾区：不管什么地方的美食都要和皇上和名人挂上钩。乾隆爷是最多被提到的，这位皇上一天到晚满世界溜达不务正业，到处胡吃海塞，吃完了还不忘题个字留个名。松鼠鳜鱼、龙舟活鱼、鱼头豆腐、叫花鸡、扬州炒饭、大煮干丝、狮子头、驴肉火烧……无数名菜都能和乾隆挂上钩。

就以龙井虾仁的故事为例吧。说是一次乾隆下江南，他身着便服，畅游西湖。忽然天降大雨，只得在一位村姑家避雨，村姑用新采的龙井招待乾隆。乾隆饮到如此香馥味醇的好茶，格外喜欢，想要带一点回去品尝，可又不好意思开口，便趁村姑不注意，抓了一把，藏于便服内的龙袍里。

待雨过天晴，乾隆找了个小酒肆点了几个菜，其中一道是炒虾仁。点好菜后他忽然想起偷来的龙井茶，想泡来解渴。于是叫来店小二，撩起便服取茶。小二看到了便服里面的龙袍，吓了一跳，拿着茶叶跑进厨房告诉掌勺的店主。店主正在炒虾仁，一听圣上驾到，极为恐慌，忙中出错，竟将小二拿进来的龙井茶当葱段撒在炒好的虾仁中。谁知这样一来，虾仁清香扑鼻，乾隆尝了一口，顿觉鲜嫩可口，再看盘中之菜，只见龙井翠绿欲滴，虾仁白嫩晶莹，禁不住连声称赞："好菜！好菜！"于是御口亲封：龙井虾仁。

故事写得真好，但肯定不是真的，乾隆爷白龙鱼服游西湖，是想找夏雨荷还是白娘子？皇上龙袍外面再套上一层便服，不怕起痱子啊？堂堂天子什么没见过，竟然偷人家的龙井茶？龙井茶当葱段，掌勺的是有多瞎才行？

和其他领域一样，美食谣言中也少不了外国主角。马可·波罗在中国学会了做面条的说法由来已久，1938年的电影《马可·波罗东游记》当中，就安排加里·库珀饰演的男主角把面条带回了威尼斯。然而意大利面并非中国发明的——虽然在青海的喇家村发现了一碗四千年的面条，但那是用小米面做的。1154年，阿拉伯地理学家伊德力西就在西西里品尝过意大利的面条，那时宋朝还在，马可·波罗也没出生。再早些，在此之前的两个世纪当地就有了类似的食品。

宋元时代中国才出现原始的冰激凌，也有人不顾古罗马就有类似甜品的事实，说是马可·波罗从中国学会的，然后传到了意大利。以前我还听过啤酒、威士忌都是中国人发明的说法，这就叫一本正经地胡说八道。

还有人说比萨来源于中国，说当年马可·波罗回到意大利后想再尝尝馅饼的味道，就请了一位来自那不勒斯的厨师帮他做，两人忙了半天，却无法将馅料放入面团中。于是马可·波罗提议就将馅料放在面饼上烤。大家吃后，都叫"好"。这位厨师改良了配方，配上了那不勒斯的乳酪和佐料，大受食客们的欢迎，从此"比萨"就流传开了。可意大利本来就有饺子有馄饨，这连馅都包不到皮里的还当什么厨师？我在意大利就吃过馅在里面的比萨，像是个大饺子，里面有蘑菇奶酪牛肉什么的，味道太赞了，一整个我全都吃了。

更邪乎的一个故事，说出来都能羞死人，YY过头了。说当年马可·波罗回国的途中，在阿尔卑斯山附近迷路了，快要冻僵之时，被一位农夫救回家。苏醒后的马可·波罗非常怀念中国热气腾腾的火锅，农夫家中只有一瓶白酒、一块奶酪和几片面包，马可·波罗将奶酪溶于白酒中用面包蘸着吃，发明了"瑞士芝士火锅"。写这个故事的朋友，还要不要点脸啊？

　　总之呢，朋友圈满天飞的各种谣言帖，哪怕是有图有真相，请上几个专家学者出来背书，再找些我们从小就仰慕之极的外国名人站台，说得言之凿凿，也千万不要轻信。有图未必有真相，PS技术几十年前就有了，当年报纸杂志上历史人物的合影，出于种种目的多几个人少几个人，早就不是秘密。视频经过剪辑，传达的是制作者的意图，离真相更是遥远。为了不以讹传讹，我们对于道听途说或者是各路网络传言都应该谨慎小心，加以分析、考察、验证。在证实传言的可靠性之前，实在不宜妄加传播。

不期修古

防火防盗防师兄

　　我们中国自从1978年改革开放以来，在40年的时间里社会经济和人民生活实现了巨大的发展和进步。近几年，国家的经济发展战略又开始由要素驱动和投资驱动向创新驱动转变。改革就是求变化，创新也是求变化，总之就是不要因循守旧，要放开思想，灵活应变。这就引出今天要讲的成语：不期修古，不法常可。这八个字你把它们当作一个成语也可以，分开当作两个成语单独使用也可以，意思是差不多的，指不要照搬老办法，要按照实际情况进行变革。

　　它出自战国末期法家的代表人物韩非子的著作：

　　　　今有构木钻燧于夏后氏之世者，
必为鲧、禹笑矣；有决渎于殷、周之

世者，必为汤、武笑矣。然则今有美尧、舜、汤、武、禹之道于当今之世者，必为新圣笑矣。是以圣人不期修古，不法常可，论世之事，因为之备。宋有人耕田者，田中有株，兔走触株，折颈而死，因释其耒而守株，冀复得兔，兔不可复得，而身为宋国笑。今欲以先王之政，治当世之民，皆守株之类也。

——《韩非子·五蠹》

韩非子说，在上古时代，人口稀少，鸟兽众多，人民忍受着禽兽虫蛇的侵害。这时候出现了一位圣人，他发明在树上搭窝棚的办法，用来避免遭到各种伤害，人们因此很爱戴他，推举他来治理天下，称他为有巢氏。当时人民吃的是野生的瓜果和蚌蛤，腥臊腐臭，伤害肠胃，许多人得了疾病。这时候又出现了一位圣人，他发明钻木取火的方法烧烤食物，除掉腥臊臭味，人们因而很爱戴他，推举他治理天下，称他为燧人氏。到了中古时代，天下洪水泛滥，鲧和他的儿子禹先后负责疏通河道，排洪治灾。近古时代，夏桀和殷纣的统治残暴昏乱，于是商汤和周武王起兵讨伐。

如果到了夏朝，还有人用在树上搭窝棚居住和钻木取火的办法生活，那一定会被鲧、禹耻笑；如果到了殷、周时代，还有人要把挖河排洪作为要务的话，那就一定会被商汤、武王所耻笑。既然如此，那么在今天要是还有人推崇尧、舜、禹、汤、武王的政治并加以实行的人，定然要被现代的圣人耻笑。因此，圣人不仰慕上古，不死守成规，而是根据当前社会的实际情况，进而制定相应的政治措施。

在说完这些之后韩非子就嘲笑说，现在有些人想要用古代的政策来治理现在的国家，那就跟"守株待兔"这个故事里的宋人一样愚蠢可笑——没错，守株待兔这个成语也是从这里来的。

韩非子是法家思想的集大成者，他说的这句话，可以说是法家思想里面比较典型的一个主张。这个主张恰好是跟儒家"法先王"的思想相矛盾。法先王是先秦以儒家为代表的"法古"的一种政治观，主张效法古代圣明君王的言行、制度，言必称尧、舜、文、武。因此儒生们是很反对改革的，他们认为一切事情只要按照上古那些贤明君王的做法生搬硬套就可以，不能自作主张改变，否则适得其反。

其实儒家这种思想不稀奇。在古代，世界各地的文明几乎都有类似的传说，认为上古世代人类曾经历过一个"黄金时代"，那会儿啥都比后来好。战国时代百家争鸣，除了儒家，道家、墨家也都赞美上古时代，只是各家主张的那个"黄金时代"的面貌各不相同。到汉朝儒家逐渐占据了意识形态的主流，他们的这种思想也渐渐发展到极致，到了西汉末年，就出现了王莽这么个奇葩。

王莽以前有段时间在"儒法斗争历史观"的指导下被看成了法家代表，说他是改革派，代表法家。其实正好相反，他信奉的完全是儒家那套。王莽上台之前，首先就是按照董仲舒改造后的儒学大搞谶纬，为自己上台制造舆论和法理依据，然后就进一步仿效上古制度，玩起了"禅让"。等到上台之后，他更是放开手脚大搞复古。

首先，他要让这个天下"看起来像"古代。他按照儒生记载的西周官制，对朝廷中央架构大动手术，设立四辅（太师、太傅、国师、国将，位阶等同国公），三公（大司马、大司徒、大司空），四将（更始将军、卫将军、立国将军、前将军），总共十一公；三公以下设九卿、二十七大夫、八十一元士，组成新的中央机构。又置阶位等同上卿的六监，分掌京师宫殿的守卫、皇帝的舆服等。

中央改了，地方也要改。汉朝实行郡县制，西汉地方最高长官是太守，他这时候按照"古制"把太守这个名字改了，还改得不一样，忽而叫卒正，忽而叫连率，忽而又叫作大尹……县级长官也改，不叫县令了，叫县宰。

人的名字改了，地名也得改。大多数郡、县的划分有自然地理的因素在，不好改，只改了少部分，但名称好改。于是他大笔一挥，根据"古籍"和自己的喜好一口气改掉了百分之八十的郡名和接近一半的县名。这还不算完，据说古代圣王在位，天地之间自现祥瑞，于是有些地方时不时就出现各种祥瑞，出现了往往就再改地名，有些地方甚至被连改五次！这么频繁和大面积的改动，搞得官吏和百姓们头晕脑涨。

对内改了，对外也要改。依附汉朝的少数民族的族名和民族首领的封号都被他改成了周朝诸侯的"格式"。比如钩町王变成了钩町侯，高句骊王成了下句骊侯，改匈奴单于为降奴服于，又改"匈奴单于玺"为"新匈奴单于章"等等。

如果光是改名字，那影响还不算太大。可他还要改生产资料所有制。

据说周朝实行井田制，而且也没有奴婢，《诗经》里面就说："普天之下，莫非王土，率土之滨，莫非王臣。"于是王莽就下令，"更名天下田曰王田，奴婢曰私属"，不准买卖。实行土地国有制，废除土地私有制，恢复井田制。具体怎么办呢？他下令说要重新分配土地，如果有人占有的土地超过限额，"其男口不盈八而田过一井者"，没收其多余的部分，按一家百亩之数，分给亲戚和邻居。顺手他还要给奴婢改个名，叫"私属"，即家众、家丁，还禁止人口买卖，以体现"率土之滨，莫非王臣"之意。

给奴婢改个名字倒是无所谓，换汤不换药嘛。但是没收所有人的土地再统一分配，而且还是不考虑各地实际情况的井田分配法，这凡是有点土地的谁都受不了啊。命令下达后，贵族、官僚、地主不仅未交出一点土地来，反而公开激烈反对这项政策；贫苦农民不仅未分到田地，反而由于生活所迫出卖土地或儿女，导致触犯了这项政策，沦为罪犯，被官府追捕，比改制之前更加痛苦。在无论穷富都强烈反对的情况下，过了三年，王莽就下令取消了这一"改革"。

最后也是最要命的还不是这个，而是他按照当时儒家的复古思潮搞币制改革。

西汉晚期，贫富分化严重，一大批儒生看到了这个问题，却在复古思潮的引导下把原因归结为货币的使用，认为以取消金银货币为手段的复古即为解决问题之道。"纯任儒术"的汉元帝在位期间，儒家学者贡禹就提出干脆取消金属货币，大家恢复使用布帛和谷子等实物进行交易——这种等于让社会经济运转倒退到原始社会的建议当然无法通过。等到汉哀帝的时候，另一位大儒师丹又提出，要效法古代，用龟壳和贝壳做钱币。

取消货币王莽也知道做不到，但用古币他办得到。于是他制造各种奇奇怪怪的大钱、刀币甚至龟壳、贝壳币，强制人民使用，还用周朝记载中的货币词汇来给这些怪东西取名："宝货"取名于传说周景王所铸大钱；"次布"来自于《周礼·地官·廛人》，"元龟"来自于《诗经·鲁颂·泮水》，"公龟""侯龟""子龟"取自《礼记·王制》。从经济学的角度来看，他这些命名除了凸显复古意味，没有任何现实意义。

更要命的是，由于仅仅有个复古的目的就动手，没有进行认真的经济学考量，这些货币的防伪性能不佳，而且实际价值和标称价值一片混乱，然后导致商品流通领域也混乱不堪。本来西汉末年到王莽时代天下就灾害频繁，商品流通不畅更进一步加剧了这些问题，让多数地方的民众和地方豪强都不堪忍受，只能起来造反。于是本来名声极好的王莽在众望所归的情况下登基才几年，就变成了千夫所指的暴君，身败名裂了。

按理说，王莽这么法先王搞出了大乱子，后来人都应该吸取教训了吧。可到了明代，又出了一个想复古的奇葩，那就是建文帝的老师，大忠臣方孝孺。他跟王莽一样热爱古代，首先把自己的官职改用汉代叫法，把皇宫里若干建筑的名称改成古称，还想要按照古书《周官》的记载来把朝廷官制来个大改造，并且推行井田制。还没改完，朱棣就打进南京了。

所以说啊，"法先王"这事实在行不通，该改的时候就得改。过去或者某地的制度和方法，虽然在以往是行之有效的，但那是根据一时一地的具体情况制定的。社会不断发展，情况不断变化，要解决当世的问题，治理当今的社会，就不能一味按照过去的制度和方法去办。正确的做法应该是根据时代特征和具体的形势，采取合适的措施。如果头脑僵化，一味照搬过去的条条框框，而不思变革和创新，那是办不好事情的。

　　互联网时代需要的精神是什么？敢于自黑，敢于自嘲，看看《奇葩说》和《吐槽大会》的受欢迎程度，就会明白那些人真是把自黑进行到底了，举个"栗子"的时候，都是讲自己当初中二发作的典型事件。挤对别人的时候也要唇枪舌剑，腹黑嘴狠，每次看李诞和张绍刚老师往死里挤对别人的时候，我老是替他俩担心，这么说话就不怕晚上走夜路被人拍板砖吗？后来我发现这种担心是多余的，因为大家都在遵循这样的游戏规则，掌门要是去《吐槽大会》，这两人绝对饶不了我。

　　中国古人写文章说话特别爱用寓言的形式，特别善于用讲故事的形式传达人生哲理、生活经验，或者进行道德训诫、说教。估计是怕得罪人，邻居家老王倒无所谓，可要让大人物听了不爽的话就不是担心一个人走夜

两瞽相扶

择友观影响人生

路了，估计脑袋都得掉，我们熟悉的"邹忌讽齐王纳谏"就是个好例子。古人讲寓言的时候，还特别爱用残障人士做比喻——这也就是那时候，放到现在肯定不行，你这是赤裸裸地歧视残障人士啊。这类比喻产生了不少的成语，今天就给大家讲一个：两瞽相扶。

瞽^[01]这个字就是盲人的意思。中国上古传说里有个特有名的盲人就被叫作"瞽叟"——大圣人舜帝的爸爸。他实际上叫啥，大家都不记得了，反正知道这老爷子眼瞎，就这么叫了。两瞽相扶呢，就是两个盲人互相搀扶着，比喻彼此都得不到帮助。这个成语出自汉代一本用《诗经》的句子对史事或者议论进行总结的杂书《韩诗外传》，据说作者叫韩婴，是西汉的一位文学博士。在这部书中有这么一段：

> 蓝有青，而丝假之，青于蓝；地有黄，而丝假之，黄于地。蓝青地黄，犹可假也，仁义之事，不可假乎哉！东海之鱼，名曰鲽，比目而行，不相得，不能达。北方有兽，名曰娄，更食而更视，不相得，不能饱。南方有鸟，名曰鹣^[02]，比翼而飞，不相得，不能举。西方有兽，名曰蹶^[03]，前足鼠，后足兔，得甘草，必衔以遗蛩蛩距虚，其性非能蛩蛩距虚，将为假之故也。夫鸟兽鱼犹相假，而况万乘之主而独不知假此天下英

---

[01] 瞽，音 gǔ。

[02] 鹣，音 jiān。

[03] 蹶，音 jué。

雄俊士，与之为伍，则岂不病哉！故曰：以明扶明，则升于
天；以明扶暗，则归其人；两瞽相扶，不伤墙木，不陷井阱，
则其幸也。……

——《韩诗外传·卷五》

这段话比较长，大概可以分成四个部分。前面先打了个比方，
说丝靠着蓼蓝里提出来的靛青染色，颜色比蓼蓝更深；用地黄提出
的黄色染料，颜色就比地黄更深。

然后东西南北四个方位各举出一个动物传说：东海有一只眼睛
的比目鱼，要两只合起来才能看清周围，行动自如；北方有种娄
兽，需要互相喂食才能吃到东西；南方有比翼鸟，每只有一边翅
膀，合起来才能飞；西方有种叫作蟨的怪兽，前面是鼠爪，后面是
兔脚——据李时珍说这东西的原型就是跳兔——得到了好吃的自己
不吃，叼去送给一种长得有些像马的叫"蛩蛩距虚"的怪兽，因为
有事情要指望它。《吕氏春秋》里说一旦有什么危险，蛩蛩距虚就
会背着蟨迅速逃走。

作者接着直接点出意旨：动物都这么机智，知道要跟其他的动
物互相扶持，人类就更该知道要跟天下的英雄才俊交往，互相促进
了——不知道的那不是傻缺吗！

最后是总结：两个人都高明，互相帮助互相促进那简直能得要
飞天了；一个高明一个不高明，也有一方能得到提高；但要是"两
瞽相扶"，两边都是瞎子，那往前瞎走的结果，不撞墙撞树，不掉
到井里或者坑里，那都是万幸了。

所以说，两瞽相扶这话其实是举出个反面教材，其意义在于告诉人们，如果你想获得成长，你就得跟比你知识多、比你水平高、比你实力强的人交往，这样才能从别人身上学到新的知识和经验。《孔子家语》里面有段记载，说的也是这个意思：

> 孔子曰："吾死之后，则商也日益，赐也日损。"曾子曰："何谓也？"子曰："商也好与贤己者处，赐也好说不若己者。……丹之所藏者赤，漆之所藏者黑，是以君子必慎其所与处者焉。"
>
> ——《孔子家语·第十五·六本》

孔夫子预言说，他死了以后，子夏会天天进步，子贡会天天退步。曾参问他为啥这么说，孔子就告诉他：子夏喜欢跟比自己强的人相处，所以会进步；子贡老喜欢跟不如自己的人唠嗑，那就会退步。近朱者赤，近墨者黑，所以君子要谨慎地选择相处的对象。

掌门小的时候学习不好，经常挨揍，每次考完试我的说辞都是题太难了，隔壁家李雷，楼后的韩梅梅都考得不如我，我妈的答复比较经典：你怎么不说楼上的小明比你考得好啊，怎么就知道跟比你差的人比啊，然后一顿胖揍了事。所以，万一听故事的有小朋友一定记住了，千万要和小明交朋友，尤其是写作业和考试的时候，同时，千万别让你妈知道楼上的小明考得比你好。

不过呢，"三人行，必有我师"。人各有长处短处，谁比谁强，那也只是在某个方面。我们看人还是要看全面，交友也是。《吕氏

春秋》里面有这么段话：

> 物固莫不有长，莫不有短。人亦然。故善学者，假人之
> 长以补其短。……虽桀、纣犹有可畏可取者，而况于贤者乎？
>
> ——《吕氏春秋》

　　意思就是说，万事万物都有优点和缺点，人也一样。善于学习的人可以借人家的长处来弥补自己的短处。就算是桀、纣那样的暴君也有长处。

　　朋友遍天下的周总理就很明白这个道理。当年在南开学校上学的时候，与两位室友相处得很好，但是后来他提出：咱们三个人相处时间很长了，互相都非常了解了，现在应该去跟别的同学换换宿舍。他的意思就是每个人都有值得学习的地方，几个人相处时间长了过于熟悉，优点缺点都看不见了，要经常跟更多的人去学习，才能继续提高自己。

　　话说回来，也不是什么人都可盲目地交朋友的，有些朋友你交了只有坏处。像前面说到的桀、纣这种暴君，那只是"可畏"，有可以学习的地方，你要去跟他们交朋友，那是怕自己死得不快了。孔子是这样阐述朋友的分类：

> 孔子曰："益者三友，损者三友。友直，友谅，友多闻，
> 益矣。友便辟，友善柔，友便佞，损矣。"
>
> ——《论语·季氏·第十六》

　　孔子指出，有三种朋友交了好处多多：一种是正直的朋友，这种可以让你不行差踏错，撞墙掉坑；一种是诚恳的朋友，这种可以让你有个托付的对象，可以指望得到帮助；一种是博学多才的朋友，这种可以增进你的学问，可以作为咨询顾问。

　　另外有三种正好相反，交了就有坏处：一种是成天谄媚拍你马屁的，这种会让你搞不清自己的定位；一种是当面一套背后一套的，当面说好听的，回头说坏话，这种等于是经常背后插刀；还有一种是夸夸其谈，嘴皮子厉害，但是实际上没真学问、真本事的，你跟这种人学那也是"两瞽相扶"，会走歪的。

　　晚清名臣曾国藩就很会择友，他的家书里记载了他无论是在生活、为学，还是在事业上都时时注意广交益友。曾国藩专门讲过交友是要遵循八交、九不交的原则。交八种益友，尤其要交胜己者。在某个方面胜过我们的人都是我们的老师，与这种人交朋友，可以让你不断从这些人身上学到有用的东西，不断进步。而这种学习和进步又是轻松的、潜移默化的、自然而然的。从其身上学习优点，互相切磋，提高自己，结交这样的朋友，对人生大有益处，"择友为人生第一要义"是"一生成败之所系"。

　　所以说，人生当中，交友实在是太重要了。一个篱笆三个桩，一个好汉三个帮。好的朋友可以患难与共，可以成为事业成功的基石；误交损友将会把你引入歧途，这些人不是拿你当"兄弟"出卖，就是准备随时要插你两刀。曾国藩认为交友要相交以诚、与人为善、大度宽容、胸襟坦荡，不苟求于人，更不可轻取人财。这样一来，才能使自己的周围人才聚集、事业兴旺发达！

弓影浮杯

心病还需心药医

最近听到一个外国笑话。汤姆太太病了不吃不喝，问她怎么回事，她说上次吃饭吃进去一只苍蝇，觉得很恶心就再也吃不下饭了。汤姆先生请了个医生，医生喂汤姆太太吃了药，汤姆太太就开始呕吐，正当她吐得昏天黑地的时候，医生趁她不注意往垃圾桶里扔了一只死苍蝇，等吐完了医生说：汤姆太太您请看，苍蝇已经吐出来了！于是汤姆太太马上就感到很舒服，开始吃饭喝水，病也好了。

听了这笑话，我觉得是外国人抄袭我们中国的！要不就是段子手抄袭古代笑话，为了假装不是抄袭的，给改头换面包装成外国的。因为我们中国将近两千年前就有类似的故事，这就是"弓影浮杯"，也作"蛇影杯弓""杯弓蛇影"。

这个成语的意思是比喻人疑神疑鬼，自

相惊扰，虚惊一场，最早出自东汉末年的学者应劭之手，他在自己的著作中记述了一段他爷爷那时候发生的故事：

> 予之祖父郴[01]为汲令，以夏至日请见主簿杜宣，赐酒。时北壁上有悬赤弩，照于杯中，其形如虵[02]。宣畏恶之，然不敢不饮，其日便得胸腹痛切，妨损饮食，大用羸露；攻治万端，不为愈。后郴因事过至宣家，窥视，问其变故，云："畏此虵，虵入腹中。"郴还听事，思惟良久，顾见悬弩，必是也。则使门下史将铃下侍徐扶辇载宣，于故处设酒，杯中故复有虵，因谓宣："此壁上弩影耳，非有他怪。"宣意遂解，甚夷怿，由是瘳平……

——《风俗通义》

说是他爷爷应郴在夏至日的时候把下属杜宣叫过来，请他喝酒。房间里北面墙上挂着一把红色的弓弩，在酒杯里投下个倒影，样子看起来像条小蛇。杜宣心里又是害怕又是厌恶，但上司请喝酒又不敢不喝。喝了这酒回去他就觉得胸口疼肚子疼，吃不下喝不下，身体严重消瘦。找了很多医生各种治疗，就是好不了。后来应郴办事的时候偶然经过他家，一看发现事情不对，于是询问原因。到了这时候杜宣也顾不得上司的面子了，直接就说我怕蛇，但是你请我

---

[01] 郴，音chēn。
[02] 虵，音shé，蛇的异体字。

喝的酒里面有蛇，结果蛇进了我的肚子。应郴回去以后想了很久，忽然一转头望见了仍然挂那儿的弩，就明白了。于是他让部下把病得走不动了的杜宣抬过来，在老地方又摆了一杯酒——杯子里当然就又出现了"一条蛇"。他指给杜宣看，告诉对方那只是弩的倒影，不是真有蛇。杜宣放心之后，病很快就好了。

据说晋朝也出现了一个非常类似的故事：

> 尝有亲客，久阔不复来，广问其故，答曰："前在坐，蒙赐酒，方欲饮，见杯中有蛇，意甚恶之，既饮而疾。"于时河南听事壁上有角，漆画作蛇，广意杯中蛇即角影也。复置酒于前处，谓客曰："酒中复有所见不？"答曰："所见如初。"广乃告其所以，客豁然意解，沉疴顿愈。
>
> ——《晋书·列传第十三》

故事跟前一个大同小异，就是换了故事里的人物、地点，再就是把红弩换成了上面画着蛇的角弓。

这两个故事向我们说明了同样的道理：疑心可以致病，心病还须心药医。故事里两位喝酒者都是因为自己的疑心导致生理上出现了疾病，而乐广和应郴明白客人得的是心理疾病，所以用心理暗示的方法引导客人，对症下药，治好了客人的心理疾病。"弓影浮杯"这一成语由此而来。

其实，中国古人早就懂得这道理了。在《风俗通义》里，讲完弓影浮杯的故事之后，应劭紧接着就引述了一段更古老的故事：

齐景公病水，卧十数日，夜梦与二日斗，不胜。晏子朝，公曰："夕者梦与二日斗，而寡人不胜，我其死乎？"晏子对曰："请召占梦者。"出于闺，使人以车迎占梦者。至，曰："曷为见召？"晏子曰："夜者，公梦二日与公斗，不胜。公曰：'寡人死乎？'故请君占梦，是所为也。"占梦者曰："请反具书。"晏子曰："毋反书，公所病者，阴也，日者，阳也。一阴不胜二阳，故病将已。以是对。"占梦者入，公曰："寡人梦与二日斗而不胜，寡人死乎？"占梦者对曰："公之所病，阴也，日者，阳也。一阴不胜二阳，公病将已。"居三日，公病大愈。

——《晏子春秋》

说战国时代的齐景公得了重病，卧床不起好些天。他做了个梦，梦到自己跟两个太阳打了一架——这也够猛的——打输了。醒来他就觉得完了，自己这是要死啊。丞相晏婴知道了，就让占梦师告诉他：你得的病是阴气侵体；太阳是阳气，两个那是双份。太阳赢了，说明你这病要好了。齐景公放心了，过了几天，病就好了。用现在的观点来看呢，晏子这分明就是心理干预治疗嘛！

《列子》里也有个类似的故事，叫作"杞人忧天"：

杞国有人忧天地崩坠，身亡所寄，废寝食者。又有忧彼之所忧者，因往晓之，曰："天，积气耳，无处无气。若屈伸呼吸，终日在天中行止，奈何忧崩坠乎？"

其人曰："天果积气，日、月、星宿，不当坠邪？"

晓之者曰："日、月、星宿，亦积气中之有光耀者，只使坠，亦不能有所中伤。"

其人曰："奈地坏何？"

晓之者曰："地，积块耳，充塞四虚，无处无块。若躇步跐蹈？终日在地上行止，奈何忧其坏？"

其人舍然大喜，晓之者亦舍然大喜。

——《列子·天瑞篇》

古代杞国有个人担心天会塌、地会陷，自己无处存身，吃不下睡不着。有个人担心他愁坏了，就去开导他说："天不过是积聚的气体罢了。到处都有气体。你一举一动，一呼一吸，相当于整天都在天空里活动，怎么还担心天会塌下来呢？"那人说："天是气体，那日月星辰不就会掉下来吗？"开导他的人说："日月星辰也是气当中发光的部分，即使掉下来，也不会伤害什么。"那人又说："如果地陷下去怎么办？"开导他的人说："地不过是堆积的土块罢了，填满了四处，没有什么地方是没有土的，你整天都在地上活动，怎么还担心地会陷下去呢？"那个杞国人这才转忧为喜，开导他的人也很高兴。

虽然现在看来，开导的那些解释并不科学，但开导杞人的这个行为却符合现代心理治疗的原理。顺便说句题外话：其实杞人忧天是很有道理的。据《左传》记载，鲁庄公七年（公元前687年）夏四月发生过一次陨石雨。这次陨石雨正好就有一部分陨石落到了古代杞国所在，形成了今天山东宁阳的"落星山"。发生过这样可怕的灾害之后，后代的杞人担心天崩地裂也正常。

说回正题。"弓影浮杯"第二版故事里面的主角乐广，他有个外甥名气比他更大——就是魏晋著名的美男子卫玠，成语"看杀卫玠"的主角。乐广对他也进行过心理治疗：

> 卫玠总角时，尝问广梦，广云是想。玠曰："神形所不接而梦，岂是想邪！"广曰："因也。"玠思之经月不得，遂以成疾。广闻故，命驾为剖析之，玠病即愈。
>
> ——《晋书·列传第十三》

这段故事说，卫玠小时候向乐广询问梦是怎么回事，却听不明白乐广的回答，苦思不得其解，最后就病了。乐广听说他病了，就专门跑过去为他解说，解开心结以后卫玠的病也就好了。

这些都是治好了心病的故事。要是心理疾病得不到治疗呢？那后果有时候是相当严重的。这样的例子在古代也很多，正好乐广（偏偏又是他！）又是其中一个故事的主角：

> 成都王颖，广之婿也，及与长沙王乂遘难，而广既处朝望，群小谮谤之。乂以问广，广神色不变，徐答曰："广岂以五男易一女。"乂犹以为疑，广竟以忧卒。
>
> ——《晋书·列传第十三》

西晋末年，爆发了惨烈的"八王之乱"，晋朝的宗室带着手下互相残杀。八王当中的成都王司马颖是乐广的女婿，跟当时一度掌握中央的长沙王司马乂对立。乐广那时候正和儿子们一起在京城，就被人诽谤通敌。虽然他面对长沙王的质问冷静地加以辩解，对方却始终怀疑他。结果他忧心成疾，一病不起了。

要是群体心理出了问题得不到解决，那就更糟糕了。关于这个也有个成语故事，那就是"风声鹤唳"。

公元383年八月，前秦苻坚不顾群臣反对，率领大军南下攻晋，结果淝水一战惨败，大军纷纷溃逃，自相践踏，死了很多人马。那些侥幸逃脱的士兵心理都出了严重问题：

> 其走者闻风声鹤唳，皆以为晋兵且至，昼夜不敢息，草行露宿，重以饥冻，死者什七、八。
>
> ——《资治通鉴·晋纪二十七》

一路上听到风声和鹤的鸣叫，他们都以为晋军又追来了，于是不顾白天黑夜，拼命地奔逃，累了就露宿野外。最后有百分之七八十的人本来逃出生天了，又饿死累死冻死了。苻坚的军事力量损失殆尽，前秦帝国就此土崩瓦解，中国北方再度陷入长时间的混乱。

总而言之，有病要早治，心病也是。现在医学发达，可心病主要还得靠心药。老祖宗们的智慧，今天也还没过时。

雀屏之选

唐王朝的发迹史

　　今天要讲的成语曾经出现在《中国成语大会》总决赛第十一场的比赛中，pm2.5对阵白话灵犀，当我读出"古代最有创意的招女婿事件"一题，pm2.5组合猜得正确答案"雀屏之选"，引起观众质疑。不少人认为"雀屏之选"是"雀屏中选"之误，因为在官方指定的成语词典中，未收录该词条，只有"雀屏中选"。后经节目组和部分网友证实，"雀屏之选"是区别于"雀屏中选"的另一成语，仅在少数词典中可以查到，属于极其冷僻的成语。

　　后来《中国成语大会》评委、南京师范大学教授郦波老师在微博上解释道："雀屏之选突出李渊，雀屏中选突出招亲事件。""雀屏之选"和"雀屏中选"同出一典，二者在字面和结构上都很相似，但意义有别。"雀屏中选"的"中"，意为"被选中做夫婿",而"雀屏之选"是指"佳偶的人选"。我的理解,"中选"可以看作是经过一场比赛,得了冠军的人；"之选"可以看作你具备了资格,是个种子选手。

这个典故出自隋朝,是唐高祖李渊和他妻子窦氏年轻时候的故事:

> 高祖太穆皇后窦氏,京兆始平人,隋定州总管、神武公毅之女也。后母,周武帝姊襄阳长公主。……(毅)乃于门屏画二孔雀,诸公子有求婚者,辄与两箭射之,潜约中目者许之。前后数十辈莫能中,高祖后至,两发各中一目。毅大悦,遂归于我帝。
>
> ——《旧唐书·列传第一》

窦氏是北周大将窦毅和周武帝姐姐襄阳长公主的女儿。窦毅要给女儿招女婿,就在屏风上画了两只孔雀,让求婚的各路豪杰各射两箭,暗地说谁能射中孔雀的眼睛,就把女儿许配给谁。前去射箭比武的公子有几十人,没有一个人能射中的。最后,后来的唐高祖李渊来了,两箭都射中了孔雀的眼睛,窦毅非常高兴,将女儿嫁给了李渊。

看似一则简单的佳话,其实背后的故事还真不少。窦毅为什么要用这种非常规方式来给自己的女儿挑选夫婿呢? 原因也记载在史书中:

> 后生而发垂过颈,三岁与身齐。周武帝特爱重之,养于宫中。时武帝纳突厥女为后,无宠,后尚幼,窃言于帝曰:"四

边未静，突厥尚强，愿舅抑情抚慰，以苍生为念。但须突厥
之助，则江南、关东不能为患矣。"武帝深纳之。毅闻之，谓
长公主曰："此女才貌如此，不可妄以许人，当为求贤夫。"

——《旧唐书·列传第一》

　　据说这位姑娘生来不凡，刚出娘胎，头发就长过脖子，三岁时
就已经与她的身高一样长了。周武帝宇文邕[01] 对这个外甥女非常喜
爱，自幼就将她领入宫中抚养。当时突厥汗国正处于极盛时期，东
西突厥横跨万里，麾下各部族的兵马加起来以数十万计。周武帝出
于对抗北齐的政治需要，娶了突厥木杆可汗的女儿阿史那公主为
妻，但周武帝对这位背景强大的皇后并无感情，十分冷淡。这可就
违背了修好突厥的本意，人家突厥公主嫁给你却备受冷落，这也太
不给老丈人面子了。和北齐作战的时候还要不要突厥援军了？
　　这桩婚事前后拖了十二年，好不容易才达成，眼看效果要大打
折扣，北周不知多少人在着急。最后解决问题的居然是窦氏。她劝
周武帝说，我们国家周边战事不断，突厥实力还很强大，愿舅父能
以天下苍生为念，不要感情用事，对皇后尚需多加抚慰。有了突厥
的援助，南陈和北齐就好对付了。这时小姑娘肯定还不到八岁，居
然能有如此政治见解，说出这样一番安邦定国的劝谏之言，算是早
熟还是早慧呢？简直就是妖孽啊。周武帝采纳了她的建言。

---

[01] 邕，音yōng。

发生了这样的事情后，窦毅也觉得自己的女儿小小年纪，见识不凡，就和他的老婆襄阳长公主说，我们这女儿这么漂亮，这么有才干，不可以随便嫁人，一定要找个好女婿！大概他也挑了很久，一直没挑出来，于是想到了雀屏选婿这种非常方式。

> 及周武帝崩，后追思如丧所生。隋文帝受禅，后闻而流涕，自投于床曰："恨我不为男，以救舅氏之难。"毅与长公主遽掩口曰："汝勿妄言，灭吾族矣！"
>
> ——《旧唐书·列传第一》

没过几年，跟窦姑娘感情很好的舅舅周武帝灭了北齐，然后在北上进攻突厥的途中病死了。继位的宇文赟成天瞎折腾，没过两年把自己都折腾死了，继位的宇文阐才七岁。杨坚借机夺取了北周，大杀北周宗室，然后暗地害死了自己名义上的外孙宇文阐，找了个听话的皇室远亲宇文洛作为傀儡，搞了个禅让仪式，建立隋朝。

窦家小姑娘听说舅舅家遭此大难，号啕大哭，从床上跳下来喊着说，我只恨自己不是个男孩，无法去拯救遭了大难的舅舅家。这可把她爹妈吓坏了，赶快捂住她的嘴说，你别瞎说，会让我们全家死光的！这可真是了不得的小姑娘！清末民初的小说家蔡东藩评价这位奇女子说："至若窦毅之女，年未及笄[01]，且自恨不能救舅氏

---

[01] 笄，音jī，发簪。古代女子成年时要举行及笄礼，把头发用发簪束起。

患，巾帼妇女，犹知节义，彼昂藏七尺躯，自命为须眉男子者，曾亦自觉汗颜否耶？"

再来说说这桩婚事的男方李渊。在大众文化里面，这位千古一帝唐太宗的老爹常常都是一副庸庸碌碌的样子，连造反都是被逼的——但是你看，他两箭射中雀屏，为自己赢得美人归，就凭这箭法也是个厉害角色。后来他上战场表现也颇为惊人：

> 炀帝幸汾阳宫，命高祖往山西、河东黜陟讨捕。师次龙门，贼帅母端儿帅众数千薄于城下。高祖从十余骑击之，所射七十发，皆应弦而倒，贼乃大溃。
>
> ——《旧唐书·本纪第一》

带着十几个部下上城头跟几千流寇对抗，连射七十来箭，一箭一个。有这种战绩的在古代统共也没多少人。

话说回来，窦毅挑女婿，也不是全看个人才能。毕竟在门阀制度盛行的当时，婚姻对象的选择是有着严格的门第限制的，理想对象不是从儿女个人的角度来考虑的，而是从维系发展家族的角度来考虑的。你要是个平头老百姓，就算你箭法如神，一箭双雕，人家也不会选你，你连雀屏之选的资格都没有，更不可能有雀屏中选的机会。

我们可以对比一下两家的家世。窦毅，北周大将，东汉大鸿胪窦章第十二世孙，历任骠骑大将军、开府仪同三司、大都督、神武郡公、上柱国、大司马。他老婆是北周武帝的姐姐襄阳长公主。李渊的出身也不低，祖父李虎，在西魏时官至太尉，西魏八柱国之一。父亲李昞，北周的御史大夫、安州总管、柱国大将军，唐国公。李渊七岁时就袭封为唐国公。李渊的妈妈是另一位上柱国独孤信的女儿，隋文帝皇后的姐姐，周明帝皇后的妹妹。所以啊，窦家和李家联姻就叫门当户对。

窦氏与李渊完婚之后，十分相爱。两人生有四子一女，都得到过她的亲自教导，其中就包括后来的唐太宗李世民，还有娘子军统帅平阳公主。李渊最终能够定鼎天下，窦氏也是厥功甚伟。她曾经以三言两语点出丈夫性格上的弱点，助其韬光养晦，运筹帷幄：

> 大业中，高祖为扶风太守，有骏马数匹。常言于高祖曰："上好鹰爱马，公之所知，此堪进御，不可久留，人或言者，必为身累，愿熟思之。"高祖未决，竟以此获谴。未几，后崩于涿郡，时年四十五。高祖追思后言，方为自安之计，数求鹰犬以进之，俄而擢拜将军，因流涕谓诸子曰："我早从汝母之言，居此官久矣。"
>
> ——《旧唐书·列传第一》

隋炀帝继位后，李渊在西北当太守。他曾经得过几匹好马，非常喜爱。窦氏却劝道："你也知道当今皇帝喜好飞鹰走马，那这些马就该拿去进献。要在你这里久了，可能有人就会去跟皇帝说，到时候人被马连累。你好好想想。"李渊当时没能立刻下决心，结果没多久本来就猜疑李渊的隋炀帝借着这个事情，找个罪名就把他给

贬了。窦氏也在不久后去世了。李渊想到窦氏生前的忠告，懊悔不已，为求自保，四方奔走求购珍奇鹰犬数只，尽数送进宫里，结果没多久就高升了。李渊想起窦氏生前的忠告，哭着对子女们说："如果我早听了你们母亲的话，早就到这个位置了。"这段故事被后人总结成一个成语典故：劝夫献马。

　　李渊此后即使做了皇帝、太上皇，也一直不曾再立皇后。窦氏当年久久不出嫁，按照那个时代来看可以说是"剩女"了。但选到一个好老公，琴瑟和谐，婚姻幸福，比那些早早出嫁却所遇非人的强到不知道哪里去了。所以啊，大龄单身姑娘不要太急，只要自身条件好，会有机会选到合适的配偶的。

南箕北斗

老祖宗也信星座

现在网上占星学说大行其道，水逆之类的说法三天两头看到。不过一般大家占星都用的是黄道十二星座什么的，这种星座学说来自西方：古巴比伦人又把整个黄道从春分点开始均分为十二段，每段称为一"宫"，各以所在的星座命名，称"黄道十二宫"。这些概念后来被古希腊人吸纳，到公元前后，"黄道十二宫"概念从希腊传入印度，6世纪随佛经进入中国。

目前见到的关于黄道十二宫汉译名最早的文献是《大方等日藏经》，这是隋开皇初年天竺法师那连提耶舍从梵文翻译的。看起来比较有意思，比如把"白羊"和"金牛"译作"特羊""特牛"，"特"是"雄性"的意思；"双子宫"被释为男女二人，大约是"在天愿为比翼鸟"的联想，所以被译为"双鸟"等等不一而足。

中国也有自己的传统天文学，也把天上的星星若干颗连成一个图案，叫作一"宿"。宣化曾经出土过一座辽代古墓。墓主叫张世卿。在一号墓后室的墓顶中央悬铜镜一面，镜周画重瓣莲花，莲花外绘淡蓝色的苍穹。苍穹之上绘有中国传统的记星法案二十八宿，二十八宿之外又绘有黄道十二宫。将中国传统二十八宿记星法与西方古巴比伦黄道十二宫融合到一起，是中国至今发现的最早一幅中西合璧天文图。单独有二十八宿的文物那就更早了，如随州出土的战国二十八宿图衣箱。

在悠久的天文学传统影响下，无论是诗词、典故还是成语都有和星座有关的，今天先讲一个"南箕北斗"。

这个成语用以比喻人或者物有名无实，派不上实际用场。它最初来自中国最早的诗歌总集《诗经》：

> 维南有箕[01]，不可以簸[02]扬；维北有斗，不可以挹[03]酒浆。
>
> 维南有箕，载翕[04]其舌。维北有斗，西柄之揭。
>
> ——《诗经·小雅·大东》

简单翻译一下，南天有那簸箕星，不能簸米不能筛糠。往北有那南斗星，不能用它舀酒浆。南天有那簸箕星，吐出舌头口大张。

---

[01] 箕，音 jī。

[02] 簸，音 bǒ。

[03] 挹，音 yì。

[04] 翕，音 xī。

往北有那南斗星，在西举柄向东方。可能有人要问了，欸，这不是写着北斗吗，你解释的时候怎么说南斗呢？别急，待我慢慢给大家拆开来解释。

南箕星，简称就是箕。按现代星座划分，这几颗星星属于人马座，呈四边形，看起来像扫地时用的簸箕。我们中国把它划作二十八宿之一，东方第七宿，箕宿，代表青龙摆尾所引发的旋风。在古人看来箕宿好风，一旦特别明亮就是起风的预兆，东汉应劭《风俗通义·祀典》记载说："风师者，箕星也。箕主簸扬，能致风气。"古时的簸箕不仅用来扫地，还用来筛粮食，把刚晾晒过的麦子放进去，往空中一扬，借助风和重力让麦粒和麦壳尘土分离的，所以跟风扯上了关系。咱们看《西游记》里，孙猴子求神降雨时，请来的风伯就是箕宿，雨师就是毕宿。

北斗这词大家都熟：因为北斗七星是个很好认的星座，现在哪怕是在北京上海，晚上抬头都可以看到，排列成斗勺形。它们是大熊星座的一部分恒星，七颗亮星在北天排列成斗形。七颗星名是天枢、天璇、天玑、天权、玉衡、开阳和摇光。北斗七星常被当作指示方向和认识星座的重要标志。北斗七星排列成斗勺形，古人常常把它比作酒具，那时的酒往往都装在四羊方尊那样的酒器当中，喝酒的时候，不是端起来往外倒，器皿很沉也容易倒洒了，而是用长把大勺子往外舀，北斗七星看起来就像这样的勺子。

但是上面提到的"维北有斗"并不是这个北斗，而是跟南箕星隔得不远，现在同属于人马座的六颗星星，南斗六星。这六颗星星也组成一个斗的形状，只不过比北斗七星暗淡得多，古代人把它们列为二十八宿中的斗宿。说它是北，是相对于箕宿而言的。这两个星宿相距不远，抬头正好两个一起看到。"西柄之揭"就是说诗人看到这个"斗"的斗柄朝着西面。

《诗经》里说天上这个簸箕不能拿来筛糠，这个酒斗不能拿来盛酒，只是为了抒发感情，但后来人们倒是看中了这个形容。到了南北朝时期，一南一北有两名文学家差不多同一时期使用了南箕北斗这个表述。先是南梁的刘孝仪为当时的娃娃上司晋安王萧纲代笔写《代晋安王辞丹阳尹表》的时候写道：

> 臣闻盈尺径寸，易取琢磨；南箕北斗，难为簸挹。何则？
> 良工质美，在器成珍，假名责实，涉求必殆。
>
> ——《艺文类聚·卷五十》

说还是个小孩的萧纲光只是挂个名，实际做不了事情，这样就像"南箕北斗"，不好。可皇帝不在乎，还是坚持要萧纲挂上这个头衔。

稍后北朝的李崇在上书北魏当时的执政者灵太后时也说：

> 今国子虽有学官之名，而无教授之实，何异兔丝燕麦、南箕北斗哉？
>
> ——《魏书·列传第五十四》

"兔丝"也就是菟丝子，虽然名字里面有个丝字，但其实是野草，不能拿来纺织；燕麦这东西呢，虽然现在成了高级杂粮，但在古代只能拿来作为饲料，鸟兽才吃的东西，不能真的拿来当麦子给人吃。所以"兔丝燕麦"这个是比喻徒有其名，或有名无实者，后来也成了个成语。

这段话的背景是当时北魏朝廷不重视文化，虽然迁都到了洛阳，也设立了太学国子监，但多年来太学实际上根本没人上课，城隍、明堂等等建筑也年久失修，甚至城墙也出现了损坏。皇帝和太后都信奉佛教，大肆动用人力、物力与财力修建寺庙、开凿石窟倒是很积极。朝廷大臣李崇看不下去，于是上书太后，建议少修点没用的玩意儿，省下钱来给太学招生，修缮必要的建筑。话说得很漂亮，但是太后借口说忙着打仗，以后再说，一切照旧。几年以后邢邵等人又上书要求恢复太学，也没成功。

虽然用这个词劝说当政者的两次举措都失败了，但"南箕北斗"从此成为人们常用的比喻，中国历代重实际而轻虚名的文人都喜欢用这个成语。

不过虽说老祖宗们对星座的认识还是挺客观的，也讲求实际，但是跟古代巴比伦人和希腊人一样，忍不住就把星相跟地上的事情扯上关系了。比如箕宿吧，既然看起来在吐舌头，就被古代人认为代表好搬弄是非的人物、主口舌之象，多以比喻造谣生事，故多凶。"箕宿值日害男女，官非口舌入门来，一切修造不用利，婚姻孤独守空房。"在《诗经》里还有一首诗，是个叫孟子的寺人，也就是受了宫刑的人写的，千万记得这可不是那位后来的亚圣孟子啊，两人差了好几百年呢。这哥们儿写了首诗痛骂造谣者，写得很有激情，骂得痛快淋漓。

萋兮斐兮，成是贝锦。彼谮[01]人者，亦已大甚！哆兮侈[02]兮，成是南箕。彼谮人者，谁适与谋。缉缉翩翩，谋欲谮人。慎尔言也，谓尔不信。

——《诗经·小雅·巷伯》

翻译成今天的话很有意思，五彩丝啊色缤纷，织成一张贝纹锦。嚼舌根的害人精，坏事做绝太过分！臭嘴一张何其大，好比夜空簸箕星。嚼舌根的害人精，是谁教你昧良心？喊喊喳喳来又去，一心想把人来坑。劝你说话负点责，不然往后没人听。怎么样，听起来很"转"[03]的古诗，其实是一篇骂人用的微博长文，博主很有才吧，大家学会了吗？以后有人骂咱们，咱们不生气也不还嘴，文明人不和他们一般见识，直接把这首诗摔他们脸上就够了。

现在我们拿着星座占卜，一般也就是当个游戏玩一玩逗逗闷子，古代人可是很郑重其事地相信"天人感应"，觉得天上的星辰变化会影响到地上的事情。历代的天文官观测天空一方面是科学上的天文观测确定历法制定农时，另一方面还有为统治者预测吉凶的作用。中国不能出国展出的六十四件国宝级文物里面有一件就是古人这种思想的物证：在新疆出土的汉代蜀锦护臂，上面绣着一行字，"五星出东方利中国"。意思就是说，五大行星汇聚在东方的天空，

---

[01] 谮，音zèn。

[02] 侈，音chǐ。

[03] 转，音zhuǎi。

这种天象对中国有利。巧合的是，发掘出这件文物的考古学家，正好叫作黎东方。

　　现在天文学发达，像行星运行，星宿转动这些天象基本上都能精确预测了。星象神秘的面纱既然已被揭去，实在没有什么理由要像古人那样对占星学战战兢兢了。拿着玩玩，大家图个开心，这没问题，但可千万别当真，占星结果拿来指导生活，那也是"南箕北斗"，没用的。

割臂之盟

男女定情才歃血

　　掌门想请大家想象这么个画面：一群威武雄壮的大汉，围成一圈儿，表情肃穆，然后为首的那位举起小刀往指尖一戳，把血挤进面前的酒碗里，接着其他人纷纷效仿往碗里滴自己的血，最后每人喝一口，喝完了把碗往地上一摔："从今天起，我们就是兄弟了！"

　　很眼熟吧？是不是在很多影视剧里都看到过？当然细节有时候会不一样，掌门见过最狠的是割腕放血的，大哥，您这结拜完了赶紧上医院啊！但是这么经典的仪式，其实在古代中国是不存在的。

　　明清时期，民间结拜方式是焚香祷告，换金兰谱，也就是所谓的"义结金兰"，那么在这个结拜仪式上，有需要自己出血的地方吗？……没有！

　　"义结金兰"的金兰是什么呢？"金兰"

一词取自《易经》里的"二人同心，其利断金；同心之言，其臭如兰"，注意这个"臭"是通"嗅"，意思是大家同心协力，说的话就像兰花一样芬芳，别理解成是"臭味"的意思了，那不是义结金兰，那是臭味相投。"金兰谱"也就是记载了结拜人数、各自生辰八字、祖上三代、结拜誓言之类事宜的帖子，大家从此以后各自知根知底，就和一家人一样。换帖，焚香，祷告，这事儿就算齐了，真不需要动刀的！

而与之最类似的，大约就是"斩鸡头、烧黄纸"，"斩鸡头"其实最初只流行于港台地区，由于港台影视剧的热播，以至于大家产生了"这是经典流程"的错觉——但其实哪怕在港台地区，"斩鸡头"也更多用于赌咒发誓，而不是义结金兰。

明朝初期有两部小说，都是以"结拜"为重要主题的，一部叫《三国演义》，一部叫《水浒传》，但这两部书里通篇也没见要结拜的人自己放血的。桃园结义是"于桃园中，备下乌牛白马祭礼等项，三人焚香再拜"，随后就是大吃一顿，开怀畅饮，根本没有自残的事儿。《水浒传》里结拜那么多次，最多也就是"宰了一头猪、一只羊，致酒设席"，大家焚香祷告也就行了，何必非给自己一刀呢？

可能有人说了，不是有个成语叫"歃血为盟"吗？要怎么解释？问题的关键，就在这个"歃"字上了。别的人不知道，掌门有个朋友是这么理解的：这个"歃"字和"插"字外形读音都很像嘛，意思肯定也差不多！所以这种结盟，应该就是拿刀把自己插出血来吧？掌门当时就很诚恳地说，今晚出去吃饭你千万别说我俩认识，另外拜托从外面帮我把门关上……

"歃"，同"歠[01]"，意思是"饮、喝"，"歃血为盟"也就是结盟时要喝血，当然这是原始的做法，后来大家就在嘴角涂点血完事。那喝血是喝谁的？喝动物的。

在《史记》里明确地记载了这个过程：

> 毛遂谓楚王之左右曰："取鸡狗马之血来。"毛遂奉铜槃而跪进之楚王曰："王当歃血而定从，次者吾君，次者遂。"遂定从于殿上。毛遂左手持槃血而右手招十九人曰："公相与歃此血于堂下。公等录录，所谓因人成事者也。"
>
> ——《史记·平原君虞卿列传》

对历史有兴趣的朋友马上就能知道这是那一段——"毛遂自荐"的主角毛遂，他跟着平原君去和楚王聊结盟的事儿，看楚王在那边东拉西扯半天不说正题，知道对方没啥诚意，于是提着剑走上前："几位，怎么耽误这么久啊？我们结盟合纵是百利无一害，犹豫什么啊？签合同吧？"

那把剑就在楚王脑袋上面晃啊！楚王赶紧点头："签，这就签！"于是毛遂就让侍从们拿来鸡、狗、马的血，大家依次上来，一起完成歃血仪式——大家都看清了，用的是这些动物的血，而不

---

[01] 歠，音chuò。

是大家自己的！用这些动物的血是啥意思呢？古人有解释：

> 凡盟礼，杀牲歃血，告誓神明。若有背违，欲令神加殃咎，
> 使如此牲也。
>
> ——《左传正义》

从春秋时期起，结盟时宰牲涂血就是常规礼仪，意思是以此举在神灵面前发誓，如果违背盟约便会如那头倒霉牲畜一般不得好死！所以明白了吧，歃血为盟，大家用的是献祭神灵的牲畜之血，谁没事儿朝自己下刀子啊？

当然了，可能又有人要问，难道就没有自己出血的盟誓吗？自己出血，怎么看都比用动物的更心诚吧？有，需要自己出血的盟誓是真有的！这也还有个成语——割臂之盟。

> 初，公筑台，临党氏，见孟任，从之。闷，而以夫人言，
> 许之，割臂盟公。生子般焉。……八月癸亥，公薨于路寝。子
> 般即位，次于党氏。冬十月己未，共仲使圉人荦贼子般于党氏。
>
> ——《左传·庄公三十二年》

春秋时期的鲁庄公，在鲁国大夫党氏家附近筑高台时，看到党氏家里有个女儿"孟任"——任是党氏的姓，孟，就是说她是这家大女儿；这位大小姐闺名到底叫什么，史书上没记载，大家几千年就这么把孟任当作她的称呼了。没办法，春秋战国那会儿重男轻女得厉害，

好多姑娘都没名字记载，就一个绰号。鲁庄公的家人里面好些女性都这样：他老妈文姜，这位爱人孟任，后来的妻子哀姜，姬妾叔姜，这些称呼其实都是表示身份和外人评价的代号，她们的真名都没记载。

鲁庄公对这位大小姐一见钟情，立马就缠上了。可这位姑娘不一般，她不想入宫当个籍籍无名的姬妾，要做正妻。问题是"门不当户不对"，诸侯的正房太太按理说也得是别国诸侯的女儿，或者是周王室的人，她只是鲁国大夫的女儿，身份上是不配的，所以鲁庄公没法答应她。

但泡妞总得有点表示吧，就算暂时没法给你买包包，也得表现出有买包包的决心，于是鲁庄公对孟任说："我将来一定会娶你当正室！"空口无凭啊，怎么办呢？他就在自己胳膊上刺了个口子，对天发誓，以表决心。后来也有人说是啮臂之盟，就是不用刀了，我改用牙，直接咬，咬出一圈牙印还不行，必须见血。

不过就算是"割臂之盟"，也不一定就可靠。比如我们刚才说的，行割臂之盟的鲁庄公，身为国君大出血，算得上情真意切了吧？结果把妹子哄上床以后就食言了！

> （庄公二十四年）八月，丁丑，夫人姜氏入。哀姜也。《公羊传》以为姜氏要公，不与公俱入，盖以孟任故，丁丑入而明日乃朝庙。
>
> ——《左传正义》

庄公二十四年，鲁庄公跟齐国搞了政治联姻，娶了后来被叫作哀姜的齐国公主做正妻。答应孟任的话，眼瞅着是泡了汤。这时候他喜欢的还是孟任，甚至不跟哀姜一块坐车回家，而是分开走。哀姜带着自己的妹妹叔姜一起嫁过来，结果上来就吃了这么个下马威。

大概是作为不能给孟任以正室夫人位置的补偿，鲁庄公立了他跟孟任生的子般做嗣子。正室夫人哀姜这心理显然就不能平衡了。她虽然没有子嗣，可她妹妹叔姜有。最后哀姜私通鲁庄公的弟弟，在鲁庄公去世以后派人刺杀了子般，让叔姜的儿子启继位。

鲁庄公这位和哀姜私通的弟弟大大有名，叫"庆父"。"庆父不死，鲁难未已"，说的就是他。从后世角度来说，庆父是个大大的奸角，他先后杀死两位鲁国国君，打算自己即位，让旁边的齐国人都看不下去，说出"庆父不死，鲁难未已"的话来。但在哀姜的眼里，恐怕不会这么看他。

初，公傅夺卜齮[01]田，公不禁。秋八月辛丑，共仲使卜齮贼公于武闱。

——《左传·闵公二年》

在闵公即位后第二年，哀姜又跟庆父合谋，利用闵公处事不公，偏袒自己老师的机会，让这事上被屈的大夫卜齮去杀了鲁闵公。哀姜自己一直没儿女，也许她心里还嫉恨自己妹妹，但不管怎么说，

---

[01] 齮，音yǐ。

这可是她的亲外甥啊。最后他们的行为遭到多数人谴责，两人分别逃亡，一个被杀一个自杀，死在了同一年里。抛却他们的行为对错不论，这两人的情谊只怕比"割臂之盟"还牢靠一些呢。

总之，"割臂之盟"或者说"啮臂之盟"，最开始是男女之间定情用的盟誓手段，而且后来大部分时候也是。如果这个词用到那些结拜的壮汉身上，一群大男人给自个儿下刀子，割臂为盟……接下来的画面可能就有点不适合描述了。

管中窥豹

人的命运难预料

前些时有个新闻，说今年的英仙座流星雨来了。许多天文爱好者就掐准时间，搭好望远镜，往天上看。流星雨那是很美的，不过中国古代好多人却不太喜欢这种拿个小管子望天的行为。战国时代的大文豪庄子对这个行为的描述后来成了个成语，叫作"以管窥天"：

> 是直用管窥天，用锥指地也，不亦小乎？
>
> ——《庄子·秋水》

到汉代，东方朔从这个成语发展出另一个成语"管窥蠡测"。

> 语曰"以管窥天，以蠡测海，以莛撞钟"，岂能通其条贯，考其文理，发其音声哉。
>
> ——《答客难》

等到三国时期，曹操（或者他手下的某个秘书）可能觉得天太大，太虚，一般人看不懂，来了个"管中窥虎"：

> 议者或以军吏虽有功能，德行不足堪任郡国之选……论者之言，一似管窥虎欤！
>
> ——《三国志·武帝纪》

这离这个成语现在最常用的形式——管中窥豹就只有一步之遥了。从管中窥天到管中窥豹，形式虽然变化，这个成语的意思却一直没变，指的是只看见事物的一小部分，得出片面的，不准确的结论。

现在"管中窥豹"这个表述，来自王献之的一段故事：

> 王子敬数岁时，尝看诸门生樗蒲[01]，见有胜负，因曰："南风不竞。"门生毕轻其小儿，乃曰："此郎亦管中窥豹，时见一斑。"子敬瞋目曰："远惭荀奉倩，近愧刘真长！"遂拂衣而去。
>
> ——《世说新语·方正》

这个典故说的是东晋书圣王羲之的儿子，后来同样成为著名书

---

[01] 樗蒲，音 chū pú，一种古代赌博游戏。

法家的王献之小时候的一则逸事。当时他看家里的门客赌博，指手
画脚说某人要输了。对方瞧不起他这个小孩子，就说他根本看不清
全局状况——"管中窥豹"，说对了也只是偶尔——"时见一斑"。
王献之虽然年纪小，智力点数可不低，一下就明白了对方在鄙视他，
立马就怒了，说"早先有荀粲，近些的时候有刘惔，我想起他们就
觉得惭愧"，拂袖而去。

荀粲是曹魏时代的人，著名军师荀彧的儿子。他"简贵，不能
与常人交接，所交皆一时俊杰"——只跟不一般的才子交往。

刘惔则是东晋初期的人物，他的性格就更高傲了。有这么一个
小故事很能说明这位有多不乐意跟一般人打交道：

> 刘真长、王仲祖共行，日旰 [01] 未食。有相识小人贻其餐，
> 肴案甚盛，真长辞焉。仲祖曰："聊以充虚，何苦辞！"真长
> 曰："小人都不可与作缘。"
>
> ——《世说新语·方正》

刘惔跟王濛一起外出，天色晚了还没有吃饭。有个认识他们的
平民送上了丰盛的饭菜请他们吃，刘惔坚决不吃。王濛说："暂且
用来充饥吧，何苦推辞！"刘惔说："绝不能跟低下的人打交道。"
这要换到现在，大家大概会觉得刘惔这人有病，宁可饿着都要摆架

---

[01] 旰，音gàn，天色晚。

子。但当时人却很称赞这种在上层和下层之间划清界限的行为。

所以王献之引荀粲和刘惔这两个人的名字，其实是在说自己不该不自重身份，去跟族中的门客这种没素质的下等人搭话，结果自取其辱。

王献之这话对不对另说。"管中窥豹"，以偏概全，无疑是不对的。

唐代有个大臣韦陟，生活豪奢，"衣书药食，咸有典掌"，不仅如此，他家做饭尤其讲究干净。淘米的时候，和普通人家都不一样。别人是用手把米里的沙子什么的挑出来，他们家用羽毛来挑拣。每次做完饭，到他家的后厨一看，扔掉的厨余废料都价值万钱。别的官员贵族请他吃饭，桌上珍馐陈列，他一口都不吃。大概是觉得跟自己家里一比，这满桌子菜没什么可吃的。

按照惯有的思维，如此豪奢之人，必然是大奸大恶之徒。比如宋代的大奸臣王黼，那是陪宋徽宗一起去勾栏瓦肆游逛的小人，连蔡京都骂他是畜生不如的东西。这人公开受贿，收钱办事，拿够了钱啥坏事都敢办，迅速发了大财。以前说的黄雀鲊在宋代是难得的珍味，一般人根本吃不到，但《齐东野语》里说王黼家里这东西堆满了三间库房！

奸臣似乎就应该是这样的一副贪婪嘴脸，而彪炳史册的忠臣就应该像海瑞那样，两袖清风，连肉都吃不起。但是有没有例外呢，当然有了。比如被孔圣人高度赞扬说"仁"的管仲，家里生活就奢侈得很，甚至让自己越级享受诸侯的待遇。宋代名臣寇准也是个奢侈品消耗大户，家里从来不点油灯，嫌那玩意儿烟大，连厨房都点蜡烛照明。晚唐名相李德裕，明朝改革家张居正，对奢侈享受也是从来不含糊。

那么韦陟又是一个什么样的人呢？看看《新唐书》《旧唐书》中对于韦陟的记述，除了生活讲究排场之外，在私德方面，还真找不出别的毛病。他对待朝堂上的贵戚权臣往往不屑一顾，相反经常提携后进，为此还得罪了杨国忠、李林甫。对于有才华又志同道合的人，他不在乎门第出身，会热情相迎——这点跟刘悚他们可是大不相同。

在平定永王李璘兵变的时候，韦陟还曾立下大功。当时肃宗任命他为吴郡太守，兼江南东道采访使。走到一半，肃宗的弟弟，史载奇丑还斜视的李璘就造反了。此次事件甭管是肃宗找碴儿诬陷他，还是李璘认为皇位凭什么哥哥坐，总之把韦陟卷了进来。还有个大名人也被卷进了这次事件：著名的诗仙李白。

李白当时加入了永王幕府，准备在乱世大显身手，建功立业。为表达对永王知遇之恩的感佩，李白还写过赞扬李璘的一套组诗，名为《永王东巡歌十一首》。其中一首是这样说的：

> 永王正月东出师，天子遥分龙虎旗。
>
> 楼船一举风波静，江汉翻为雁鹜池。

按说写得也是颇有气势，但是和李白其他的诗作一比，高下立见。反倒不如他因为永王事件被贬遇赦后的诗作《早发白帝城》有名。"朝辞白帝彩云间，千里江陵一日还。两岸猿声啼不住，轻舟已过万重山"已成为千古名句，可还有几个人说得出《永王东巡歌》

也是出自诗仙之手？

看到事情紧急，肃宗立刻任命韦陟为御史大夫、江东节度使，跟高适、来瑱等人共同平叛。对，就是那位特别擅长写边塞诗的高适。韦陟一方面积极拉拢、策反永王的人马，另一方面努力协调三人的关系，做好战前准备，推举来瑱为总指挥，并且当众立下讨贼誓言。史书上说"陟等辞旨慷慨，血泪俱下，三军感激，莫不陨泣。其后江表树碑以纪忠烈"。

他们联手击败了永王之后，韦陟就接到命令，返回唐肃宗的临时朝廷。本来立下功劳以后应该会被重用，可没多久他却卷进了一起政治旋涡中。巧的是，这次的事情跟唐代另一位大诗人杜甫有关。

当时有个叫房琯的大臣，是唐初名相房玄龄的族人。这人文章写得好，在地方和中央都有政绩，深得唐玄宗、唐肃宗两代皇帝器重，一度担任丞相之职。可他在安史之乱这种混乱局面下的表现却一塌糊涂。永王之所以能够跑到江东拥兵自重，就是房琯给唐玄宗出的馊主意，让皇子们到各处去当节度使。房琯的好朋友杜甫也是在此时，追随着他得到了左拾遗的官职。

这之前房琯自己觉得自己很能，向唐肃宗主动请求领兵奔赴战场，结果却被打得大败，狼狈逃归。就这样，唐肃宗也没治他的罪。结果这位变本加厉，经常不上朝，在家里开派对。正赶上跟他不对付的著名奸臣贺兰进明入朝，对肃宗说了些他的坏话，又抓到他家一个弹琴的门客收受贿赂的事情，就找了一帮人死命弹劾他。于是肃宗决定罢免他的宰相官职。

身为左拾遗的杜甫是个谏官，负责提意见的，这时候他就上表，为好朋友求情，夸房琯有大臣的气度，确实是做宰相的人，并提出不要因为小的罪过来罢免重臣。这简直是跟皇帝顶牛啊。唐肃宗龙颜震怒，令韦陟和大书法家颜真卿办理此案。韦陟平日里和杜甫、房琯没有多深的交情，可竟然在此时为杜甫申辩，说杜甫的话还算得体；再加上另一位大臣，向唐玄宗推荐来瑱为官的张镐也上书援救，杜甫才逃过大难。为了个不相干的人，可能就是爱惜他的才华，关键的时刻能够挺身而出，足见韦陟之高义。

但韦陟为杜甫说话让唐肃宗很不满，"上由此疏之"，从此就疏远了他。那以后韦陟的仕途就一直不顺了。虽然乱世正是大丈夫建功立业的时候，人们也都认为韦陟有做宰相的才能，但他始终没能到达这个位置。《韦陟传》说他这以后郁郁不得志，于是叹息着说："我这辈子的事业就这样了吧。有志向却无法伸展，这一定是天命注定啊！"

这样的一个人物，谈不上伟大，不过是不是和我们心目当中的权臣奸相有很大的区别呢？历史是复杂的，人同样也是复杂的。如果习惯于从生活中的点滴去评判一个人，"管中窥豹"，既不参考他平生所作所为，也不考虑社会大环境，简单随意地给历史人物戴上或忠或奸的帽子，或者对当代人做出整体评价，那都是很容易犯错误的。

看朱成碧

相思一度眼昏花

人们在颜色很多很杂乱的时候，确实容易产生错觉或者误判。很多驾驶员闯红灯被监控器拍下来，接受处罚的时候直喊冤，其实多数人并不是故意闯红灯，扣六分可不是闹着玩的。

有几种原因，比如说正值早晨或傍晚，恰好红绿灯跟太阳位置重叠，非常刺眼，你看着是绿灯于是通过，谁知道前进过程中正好当太阳和红绿灯重叠时变红灯了，阳光刺眼你没看见，闯了红灯。有的是夜晚恰好红绿灯后面有酒楼商场之类的营业场所，大招牌霓虹灯激光射灯色彩斑斓刺目耀眼，变灯的时候可真是"乱花渐欲迷人眼"，乱槽槽哪还分得清哪个是红绿灯哪个是霓虹灯？要想避免这些意外闯红灯，那只有一个办法就是"慢"，一慢二看三通过，注意观察仔细分辨。

可有人说了：我就是慢慢地去看，可还是看不清那是红灯还是绿灯。可能又扣分罚款又挨骂。那我只能说：我的天哪，我要以人民的名义举报你，你这驾驶证肯定是非法获取的。不是给医生塞了红包，就是给考官塞了红包。你这是色盲啊！

色盲分为全色盲和部分色盲（红色盲、绿色盲、蓝黄色盲等）。色弱包括全色弱和部分色弱（红色弱、绿色弱、蓝黄色弱等）。简单来说就是不能分辨颜色或者分辨颜色困难。患有色盲症的人因为不能分辨红绿灯，所以各国的交通法规都严格禁止色盲症患者考取驾驶证。因此色盲症患者要是想使用私家车只有两个出路：一是雇个司机，二是非法骗取驾驶证。以后可能还会多一条出路：自动驾驶技术。

这种红绿不分的毛病，让我想起个成语，看朱成碧。朱就是红，碧也就是绿，把红的看成绿的，这不就是红绿色盲吗？难道古人就知道这问题了？

其实这成语并不是形容色盲的，它是个夸张的描述，用来形容人视觉模糊，看不清东西。这个表述最早出自南朝时王僧孺的诗：

谁知心眼乱，看朱忽成碧。

——《夜愁示诸宾》

诗人一个人独自在外地，郁闷得厉害，于是写了首诗送给朋友看，发泄一下。诗的最后两句就说，哥们儿你们知不知道，我心里愁啊，愁得眼睛都花了，看红色的东西忽然觉得它变绿了。

王僧孺这么写，就不怕他朋友看不懂，以为他眼睛真毛病了？

不怕，因为那之前就有个成语，叫作"视丹如绿"。丹是朱的同义词，也是红色。看着红色都像是绿色的。这词出自魏晋时代一位隐士郭遐叔之手：

> 思言君子，温其如玉。
> 心之忧矣，视丹如绿。
>
> ——《赠嵇康》

说想起你这个温润如玉的君子啊我心里就发愁，愁得眼睛都看不清，红色看着像是绿色。从魏晋到南北朝，这个对心情不好的夸张形容已经成了成语，比如那个"江郎才尽"的主角江淹就用过：

> 臣心忧魄悚，视丹如绿。伏愿陛下暂停冕纩，少察愚贤。
>
> ——《萧骠骑让太尉增封第三表》

这里要说明一句，有的地方说这个是《齐高帝让司空第三表》，其实是一回事。这是江淹代上司萧道成写的，当时他是骠骑将军，后来做了齐高帝。太尉或者司空都是三公中理论上掌管天下军权的官职，只是不同的叫法。

到王僧孺这里，他把丹、绿换成了同义词的朱、碧，然后换了个略微夸张点的写法：把"如"改成了"成"，人家说像，他干脆说就是。

到了唐朝，历史上唯一的女皇帝武则天写了一首诗用到这个典故：

> 看朱成碧思纷纷，憔悴支离为忆君。
>
> 不信比来长下泪，开箱验取石榴裙。

——《如意娘》

相传这首诗是在李世民死后，她被送到感业寺出家，当小尼姑的时候写给情郎的。她的情郎不是别人，就是唐高宗李治——后来有无良小说家编排说什么她老年写了送给她面首的，不是。

这首诗后面几句都比较直白，说我憔悴消瘦都是为了想你，成天哭，不信的话可以打开箱子看看我的石榴裙，上面都是泪痕。第一句却颇为精妙，这个看朱成碧既可以理解成说思念情郎让自己眼睛昏花，不辨红绿，也可以说是在暗示季节交替，红花凋落只剩绿叶——一方面诉相思之苦，一方面又提醒情郎两人的约定已经过了不少时候。据说，李治看到这首诗之后坚定了决心，不久就不顾舆论压力，把这位他老爹宫中的"才人"给接回皇宫里做了自己的妃子。

武则天这首诗以后，人们就常常用看朱成碧来形容愁思，而且通常是男女之间的愁思了。比如宋代的柳永在描述女性思念分别已久、天各一方的情人时就这么写：

> 算伊别来无绪，翠消红减，双带长抛掷。但泪眼沈^[01]迷，看朱成碧。惹闲愁堆积。

——《倾杯乐》

---

[01] 同"沉"。

历代文人这么用的很多，就不一一枚举了。

不过，看朱成碧也不一定是形容愁思，也常常被用来形容喝酒喝嗨了，两眼发花。这个用法大概要归功于唐代的大诗人，诗仙李白。他有这么一首诗：

> 琴奏龙门之绿桐，玉壶美酒清若空。
>
> 催弦拂柱与君饮，看朱成碧颜始红。
>
> 胡姬貌如花，当垆笑春风。
>
> 笑春风，舞罗衣，君今不醉欲安归。
>
> ——《前有樽酒行·其二》

弹着珍贵的古琴，喝着清澈澄净的美酒，朋友们相互举杯，喝得脸红红的，眼花花的，边上还有漂亮的金发碧眼大姑娘当酒托，有人唱歌跳舞。快活啊！李白不愧是"谪仙人"，以前人都形容发愁的词，到他这儿一下子翻过来了。"看朱成碧"这个词从此也多了一种截然不同的用法。

比如宋代跟柳永一样喜欢出入妓院写艳词的张耒，在许州做官的时候喜欢上了一个姓刘的营妓，就写了一首词送给她，其中有这么几句：

> 偎花映烛，偷传深意，酒思入横波。看朱成碧心迷乱，
>
> 翻脉脉，敛双蛾。相见时稀隔别多。又春尽、奈愁何。
>
> ——《少年游》

这就是拿来形容姑娘深情脉脉，"酒不醉人人自醉"，眼睛都花了。所以说爱情这东西，让人盲目啊。

等到近代，严复也用过这个成语，不过他用来就不带感情色彩了，真是形容眼睛有病的情况下就看不清东西：

> 目劳则看朱成碧，耳病则蚁斗疑牛。相固在我，非著物也。
>
> ——《天演论》

严复这是说，对事物的感知依赖于人的感官，眼睛疲劳了就辨不清颜色，耳朵有某些疾病会把很小的声音当作很大的声音——"蚁斗疑牛"也是个成语，出自《世说新语》：

> 殷仲堪父病虚悸，闻床下蚁动，谓是牛斗。
>
> ——《世说新语·纰漏》

这词本来是形容人对声音过敏，神经衰弱的，严复认为原因纯粹在于耳朵的疾病，其实不是很准确。毕竟他对科学不是很了解。

其实，现代科学研究证明，很多动物都是色盲，它们眼里不用"看朱成碧"，直接就"朱即是碧"。比如狗吧，它眼里就没有红色和绿色，只有黄色和蓝色——那些要带人过马路的导盲犬可真不容易的。再比如说牛，也是色盲，在它们眼里其实红布跟其他颜色的布没啥差别，会激怒它们的根本就不是红色，而是布晃来晃去那个动作。

　　但也有动物是反过来的，它们的视觉辨色能力比人类还发达。比如鸟类对颜色的分辨就比人类还厉害，所以"山鸡舞镜"里面的山鸡等鸟类才会把自己打扮得花花绿绿的，好吸引妹子。再比如前些时候很火的皮皮虾，它们的眼睛里有十六种分辨颜色用的视锥细胞，比只有区区三种的人类那厉害多了。排列组合一下，它们眼里的世界那不是"五颜六色"，得是"百颜千色"了。

　　说了这么多，还说到牛啊鸡啊虾啊，说得我都饿了。看朱一定要成碧吗？也许还能看成别的颜色！我现在要是看到猪，一定会想到一大碗红烧肉，我是看猪成红——这可太对了。四川人看猪得想起烧白，看猪成白。江西人要想到粉蒸肉，看猪成粉。东北人看猪难免想到金黄诱人的锅包肉，看猪成黄。金华人和宣威人看到猪难免想起老家的火腿，看猪成火。北京人看到猪能想到不少东西，天福号的酱肘子、东兴楼的九转大肠、金三元的扒猪脸、砂锅居的炖吊子……那就看猪想成什么就成什么去吧！

平原督邮

当个酒鬼不容易

　　看到"平原督邮"这个成语，我一下想起了《三国演义》里张飞鞭打督邮和刘备当平原县令这段故事。

　　怒鞭督邮，这是在我国民间广为流传的三国故事，出自《三国演义》第二回，通过京剧、相声等艺术形式演绎，使得大家都耳熟能详了。

　　这位督邮大人在史书上其实是有所本的。按照《三国志·蜀书·先主传》记载：

> 　　灵帝末，黄巾起，州郡各举义兵，先主率其属从校尉邹靖讨黄巾贼有功，除安喜尉。督邮以公事到县，先主求谒，不通，直入缚督邮，杖二百，解绶系其颈着马枊[01]，弃官亡命。
>
> 　　　　　　——《三国志·卷三十二》

---

[01] 枊，音àng，拴马的桩子。

同时期的另一部书《典略》里的记载更详细，不过这书后来失传了，幸好在裴松之注解《三国志》的时候引用了一部分，这才保留下这部分记载：

> 其后州郡被诏书，其有军功为长吏者，当沙汰之，备疑在遣中。督邮至县，当遣备……闻督邮在传舍，备欲求见督邮，督邮称疾不肯见备，备恨之，因还治，将吏卒更诣传舍，突入门，言"我被府君密教收督邮"。遂就床缚之，将出到界，自解其绶以系督邮颈，缚之著树，鞭杖百馀下，欲杀之。督邮求哀，乃释去之。
>
> ——《三国志·裴松之注》引《典略》

就是说，刘备当安喜县尉不久，朝廷诏令各州郡，要淘汰一批以军功当上地方官的人员，刘备也在被淘汰之列。负责裁汰工作的督邮来到刘备的地盘，住在驿站里面。眼看他一到衙门就会下令裁员，刘备就前去求见，可督邮装病不予接见。刘备大怒，于是回去带好人马，冲进去嚷嚷着"我接到州里的密令要抓这个督邮"，把督邮绑起来，拖到县界上，将自己的官印挂在他脖子上，狠狠地抽了他二百鞭，然后还不解气，准备直接宰了他，督邮使劲地哀求，这才饶了他一命。

根据以上史料的记载，我们发现历史上的刘皇叔也是个狠角儿，下手一点不比演义里的张三爷轻。而在演义中，大概为了保持刘皇叔一贯不温不火的形象，罗贯中特意把"刘备杖督邮"改成了"张飞鞭督邮"。

后来哥儿仨逃到代州投奔刘备的宗亲刘恢。过了一阵子张举、张纯造反，刘恢推荐刘备去平叛，哥儿仨又立了军功，朝廷赦免鞭打督邮之罪，刘备被荐为别部司马，守平原县令。这段故事有督邮，有平原县令，所以我琢磨，"平原督邮"这个成语肯定是说这段故事啦！可是再仔细一读成语解释，不禁大跌眼镜！完全不是那么回事！

原来这个成语，是指质量低劣的酒！

> 桓公有主簿善别酒，有酒辄令先尝。好者谓"青州从事"，恶者谓"平原督邮。"
>
> ——《世说新语·术解》

说是东晋时期，桓温手下的一个主簿善于辨别酒的好坏，他把好酒叫作"青州从事"，从事也是一个官职，因为青州有个齐郡，齐与肚脐的"脐"同音，好酒力一直达到脐部。把次酒叫作"平原督邮"，因为平原郡有个鬲县，这个字，如果用作器物的话就要念成 lì，比如原始社会时期的炊具陶鬲，或者是青铜时期的三足鬲，作为姓或者国名就念成 gé，鬲与横膈膜的"膈"同音，次酒的酒力只能到达胸腹之间。所以平原督邮是劣酒、浊酒的隐语。

我的天哪，这弯弯绕也绕得太远了吧！

不过后人还挺喜欢用这个典故的。比如苏轼就有好几首诗用到了这个典故："人间真一东坡老，与做青州从事名。""从今便踏青州曲，薄酒知君笑督邮。"黄庭坚也写过两句，什么"瓮边吏部应欢喜，殊胜平原老督邮""商略督邮风味恶，不堪持到蛤蜊前"之类的。

说起来，酒这个东西，自古就有很多别名。有些是取酿酒名人作为酒的代称，什么杜康啊、白堕啊；有些是拿酒的外观，叫作流霞、绿蚁之类；有些是用酿酒的方法，比如冬天酿酒，春天成熟的就叫春酒；有些是用喝酒的酒器来代指，什么杯中物、壶中物等等；还有些是用酒的功用来赞美它是"扫愁帚""忘忧物"。

但也有几个别名字面上完全让人摸不着头脑。青州从事、平原督邮是两个例子；比这稍早一点还有两个叫法——清圣和浊贤。另外还有个部分和尚们专用的叫法——"般若汤"。

和尚们发明出这个叫法，是因为佛门按理说是戒酒的，这些和尚偏偏忍不住要去喝，还要互相谈论，于是故意找个莫名其妙的词，就是不让外人听懂。宋仁宗时期的酒类研究专家窦苹就这么说：

北僧多云般若汤，盖廋 [01] 词以避法禁尔，非释典所出。

——《酒谱》

青州从事和平原督邮这两个词的出现恐怕也有相似背景：这位

---

[01]廋，音sōu，意为隐匿、隐藏。

好酒的主簿在桓温帐下任职。桓温对文书工作要求严格，曾下令要限时限量完成工作，部下擅自酗酒显然是他所不能容忍的。另一方面，桓温大部分时间是出掌军机，还曾经北伐，而军队出征的时候就更不能随便喝酒了。那么他发明出这么两个外人听了一时摸不到头脑的称呼也是非常合理的。

清圣和浊贤这对代称的出现背景也类似：三国连年战乱，军粮和人民百姓的口粮都经常成问题。所以曹操颁布了禁酒令，特别是严禁酿制耗粮更多但杂质更少、口感更好的高品质酒。于是一群酒鬼想出了这么两个代称。

> 时科禁酒，而邈私饮至于沈醉。校事赵达问以曹事，邈曰："中圣人。"……度辽将军鲜于辅进曰："平日醉客谓酒清者为圣人，浊者为贤人。"
>
> ——《三国志·魏书·二十七》

其实，在三国禁酒的人真不少。曹操的老对头刘备也搞过禁酒，还闹出了一段笑话：

> 时天旱禁酒，酿者有刑。吏于人家索得酿具，论者欲令与作酒者同罚。雍与先主游观，见一男女行道，谓先主曰："彼人欲行淫，何以不缚？"先主曰："卿何以知之？"雍对曰："彼有其具，与欲酿者同。"先主大笑，而原欲酿者。
>
> ——《三国志·蜀书》

　　有人建议凡是拥有酿酒器具的就要按照私自酿酒，违反禁令施以刑罚。简雍正好跟刘备一块逛街，遇到一男一女一起在大街上走，就说："看那边的狗男女，要当街办事啦，把他们抓起来吧？"刘备纳闷儿了："你咋知道？"简雍就说了："他们身上长着办那事用的器具嘛，有酿酒器具的要按照酿酒违禁处理，那他们也该一样处罚嘛。"刘备听了哈哈大笑，下令凡是没有抓到在酿酒而只是怀疑要酿酒的都放了。

　　刘备和曹操这一对老对手禁酒虽然遇到过挫折和阻力，甚至闹出笑话，但结果都还过得去。他们前半生的一位老对手也下过禁酒令，那结果就惨了。

　　　成诣客得马，诸将合礼以贺成。成分酒肉，先入诣布而言曰："蒙将军威灵，得所亡马，诸将齐贺，未敢尝也，故先以奉贡。"布怒曰："布禁酒而卿等酝酿，为欲因酒共谋布邪？"成忿惧，乃与诸将共执陈宫、高顺，率其众降。

　　　　　　　　　　　　　　　　——《后汉书·卷七十五》

　　吕布当时被曹操刘备包围了，粮食匮乏，所以下令禁酒。他的部下侯成、宋宪、魏续等都是酒鬼，几天不喝酒心里就难受。这天侯成那儿几个放马的客商偷了侯成寄放在他们那边的战马，想要去投奔刘备，被侯成追上去把马抢了回来。哥儿几个就琢磨着借这个由头让吕布开禁。哪知道侯成带着酒肉去找吕布，话一说完吕布就怒了，说你们这些人故意违禁，是不是想喝爽了一起商量怎么把我卖了啊？侯成又气又怕，回去跟大家一商量，干脆真的就把吕布卖了。一代名将军，殒命白门楼。

不过，滥饮无度更要不得。曹操的儿子曹植就是个酒鬼，专门写了篇《酒赋》大说特说喝酒的好处。他失去继承人的位置，据有的史料记载就跟曹操不满他饮酒无度有关。

小说和戏曲里"怒鞭督邮"的主人公张三爷也是个大酒鬼，在徐州就因为喝酒误事被吕布偷袭，把三兄弟的地盘给丢了；最后更是因为喝醉酒鞭打部下，醉倒人事不省，被部下杀死。不过在喝酒上他也有正面的例子：在汉中前哨战的时候，他假装天天酗酒，骗过了张郃，大败魏军，然后才畅饮一通，相传他还趁着酒兴，用手中长矛在山崖上刻下了《八蒙山铭》，给后人留下他文武双全的记录。

总而言之，喝酒这事有好处也有坏处。酗酒是要不得的，但如果没有特别原因，强行不许人喝酒也不是个事儿，违反人性啊。"眼花耳热后，意气素霓生"，兄弟姐妹们聚餐高兴了，谁还不喝个几杯？

柳暗花明

土豆的坎坷命运

　　一般来说，成语的出典也就是这个表述最早出现的地方。但也有的成语出典却比这个表述出现得要晚得多。"柳暗花明"这个成语就是。中唐王维有首咏早朝的诗：

> 柳暗百花明，春深五凤城。城乌睥睨晓，宫井辘轳[01] 声。
>
> 方朔金门侍，班姬玉辇迎。仍闻遣方士，东海访蓬瀛。
>
> ——《早朝》

　　到了晚唐，另一位诗人武元衡写的诗里面，就正式把"柳暗花明"四个字放到一起了：

---

[01] 辘轳，音lù lu，旧时打井水的绞盘。

柳暗花明池上山，高楼歌酒换离颜。

他时欲寄相思字，何处黄云是陇间。

——《摩河池送李侍御之凤翔》

但无论王维还是武元衡，他们写的柳暗花明都是单纯的写景，跟现在的成语意思大不相同。这个成语真正成形要等到南宋时期。当年力主抗金的陆游一度得到孝宗的赏识，官居军器少监，但不久就被听信谗言的孝宗免职。陆游回到故乡，深感报国无门，只好寄情山水。有一次，他到西山访友，跋山涉水，走了好久才终于找到朋友家绿柳成荫的山村，就作诗一首：

莫笑农家腊酒浑，丰年留客足鸡豚。

山重水复疑无路，柳暗花明又一村。

箫鼓追随春社近，衣冠简朴古风存。

从今若许闲乘月，拄杖无时夜叩门。

——《游山西村》

诗句既描绘了大自然的景象，又表达了诗人的心境。其中"山重水复疑无路，柳暗花明又一村"这一联尤其脍炙人口，柳暗花明这一成语也由此而来。

"柳暗花明"后用来比喻环境的突然转变，也比喻在困难中遇到转机，在错综复杂的情况下找到了解决问题的方法。柳暗和花明都是植物景观，但这个成语从陆游之后却通常不是用来形容植物景观，而是形容人生境遇。

　　实际上，回到植物本身，有时候也能遭逢柳暗花明的际遇。例如土豆，这东西能被世人所接受，也可谓一波三折。

　　土豆，又叫马铃薯，原产是在南美洲，当地印第安人在公元前2500年就学会了种植和食用这种营养丰富的植物。到了大航海时代，大约在1562年左右，西班牙殖民者率先把土豆带回了欧洲。

　　但西班牙人最早并不喜欢吃这东西。因为土豆这玩意儿长在地底下，块茎切开来埋下去就又可以长出新的土豆，这跟欧洲人见惯了的传统作物大不相同。再加上土豆中含有马铃薯毒素（龙葵碱），发芽的土豆当中这东西尤其多，当年搞不清状况的食用者不少稀里糊涂就中了毒。因此西班牙人一度把土豆视为邪恶的魔鬼植物。不过倒是有个别人还就专门要去吃——因为据说中毒归中毒，邪恶的食物有催情效果！

　　第二个接触土豆的是英国。1567年左右土豆就登陆英国，不过正式种植土豆要等到1590年前后。当时，探险家、历史学家拉雷夫爵士（Walter Raleigh）从美洲探险回来，带来了一些土豆，把它们种植在庄园中——顺便一提，这位在历史上最大的影响是在欧洲推广了抽烟这个恶习。据说，拉雷夫爵士曾将整棵的土豆作为贡品进献给伊丽莎白一世，但是英国人的厨艺水平实在不敢恭维，可能是根本没做熟，或者把含有毒素的叶子也做成了菜，结果在官廷宴会上放倒了一片贵族。此后土豆的名声越发一落千丈。

　　幸好，土豆的植株开出的花还算漂亮，香味也过得去，于是欧洲人算是把它作为奇花异草给保留了下来。偶尔也会有医生学着南美印第安人的做法，拿土豆当作外用药来使：土豆切开以后渗出的汁液用来治疗溃疡，溃烂的皮肤涂上土豆汁液以后很快就会好转。另外不小心烫伤的时候，把土豆切片贴在伤口上面，可以止疼并促进伤口愈合。

也有个别人慧眼独具，早早就开始大力推广和种植土豆。比如英国皇家学院的科学家们，早在1662年就注意到了土豆好处多，发文呼吁英国人吃土豆：然而英国贵族和老百姓们都不买账。另一位是瑞典人约拿斯，1724年他开始在自己家乡种植土豆，后人称他为"土豆之王"，还为他立了座青铜雕像。实际上，他的推广并没多少效果，瑞典人还是基本不吃土豆。不过1748年，一位瑞典女科学家发现了用土豆可以酿酒，这以后瑞典人才开始种植土豆，种出来好酿酒喝，还是不吃。

土豆在俄罗斯更是命运惨淡。彼得大帝和叶卡捷琳娜大帝这两位都曾经想要推广土豆种植和食用，据说彼得大帝还当众吃下土豆以示无害，可是一直到19世纪，土豆在俄罗斯还是少人问津。俄罗斯人爱上土豆，还要等到19世纪末20世纪初，在粮食短缺的情况下，之前被流放到西伯利亚，在那个贫瘠之地不得已吃上了土豆的各路革命党人纷纷向民众推广土豆食谱，这才让土豆在俄罗斯迎来了"又一村"。

土豆最早"柳暗花明"的地方，是在爱尔兰。爱尔兰国土面积偏小，大部分地区都是寒冷贫瘠的山地，小麦大麦都长不好，再加上爱尔兰当年是英国人的属地，英国人一直歧视和压迫爱尔兰人，好不容易种出来的庄稼还多半要被英国老爷拿走，所以爱尔兰人一直为粮食紧缺的问题所困扰。后来他们发现土豆的适应性很强，产量又高，种下去不怎么操心就能大丰收，而且这东西英国老爷瞧不上，不会来抢！起先，爱尔兰人只是拿土豆做副食，但随着土豆种植面积的扩大，到18世纪，这种欧洲其他地方人不吃的东西在爱尔兰已经成了日常主食。

爱尔兰人在大规模食用土豆之后一举解决了粮食问题，有这个好榜样在先，每次欧洲各国缺少粮食，以致到了"山重水复疑无路"的时候，土豆就迎来一次"柳暗花明"的转机。普鲁士的腓特烈大帝是第一个成功推广土豆种植的统治者。他在1746年左右就开始推广土豆种植，在1774年，为了解决1770年灾荒后的粮食短缺问题，他甚至下达行政命令，强迫农民种植和食用土豆。

1756年，由英法两国为代表的交战集团为争夺殖民地开始了七年战争。作为主要参战国，普鲁士王国曾多次与法国、奥匈帝国和俄罗斯作战。兵连祸结，战争中倒霉的永远是老百姓，青壮年都上了战场，哪还有人种地，地面上的粮食早被来来去去的军队搜刮干净了。反而是没几个人认识的土豆深藏于地下躲过了劫难，饥饿的普鲁士人掘地三尺，挖出土豆来救命，度过了食物紧缺的饥馑岁月。

战后的法国，粮食连年歉收，路易十六在位期间，面包价格飞涨，全国多地发生暴乱。1785年，一位在七年战争中做了普鲁士俘虏，在战俘营里吃到了土豆的前厨师巴孟泰尔成功地说服国王在巴黎郊区种了八千多公顷的土豆，还请国王派了重兵守卫，这自然就引起了周围农民极大的好奇心。难免会趁着卫兵不注意的时候，移植些土豆到自家的地里。国王还让王后戴上土豆花出席交际场合，向贵族宣传土豆是个好东西。这样一来，土豆的种植，竟然很快在法国推广开来了。

到了1794年，轮到英伦三岛遭灾了。小麦急剧减产，随之而来的就是面粉涨价，以面包为主食的老百姓吃不上饭了，很快引发了诸多的骚乱。面对饥饿，是继续梗着脖子对土豆说不，还是低下头学习历来被瞧不起的爱尔兰人，已经成为生存还是毁灭的严重问题。到了这会儿，保守的绅士们也开始向土豆低头了。从此英国人的食谱上再也离不开土豆，以至于现在的美食界说起英国的时候，总是觉得他们好像只会做土豆。

美国接触土豆是在独立战争前后，据说是富兰克林从法国把土豆带回了北美。不过，美国拥有广阔的土地，粮食压力不大，所以种植土豆很晚，大约是在1838年左右。之后不久，大量爱尔兰人移民美国，他们不仅给美国带去了土豆的种植技术，也带来了对土豆的深厚情感，因而土豆在美国的种植是顺风顺水。美国人还发明了薯片和炸薯条，这两种都是减肥者的大敌。

由于土豆是依靠块茎无性繁殖，基因缺乏变化，大片大片的土豆其实基因组完全一模一样，一旦有它们无法抵抗的疫病流行，就会面临灭种的可能。到1845年，不幸的事情发生了。土豆的致命病害马铃薯晚疫病在爱尔兰全面爆发，辛苦种下的土豆大面积死亡，十分之一的爱尔兰人被活活饿死。这就是著名的爱尔兰土豆大饥荒。不过到了这个时候，土豆已经推广开来，人们并没有放弃土豆种植，而是开始研究对抗晚疫病的方法。

土豆传入咱们中国比较晚，大约是在明末，1630年以前。不

过作为吃货国家，中国人倒是毫无障碍地就把土豆放进了食谱。到清代中叶，全国各地几乎到处都在拿土豆当杂粮和菜了。2016年，农业部宣布要在中国搞马铃薯主粮战略，看来土豆是要迎来又一次发展机会了。

土豆的经历证明，只要自身条件好，就算一时境遇不顺，是金子总会发光，坚持下去，终会有"柳暗花明又一村"的时候！

钱能通神

神也是人心头鬼

最近看网上有一张图很流行，叫"抱歉，有钱就是能为所欲为的"，虽然这只是影视剧里对反派嘴脸的一种刻画，但最近其大肆流行也代表了大家的一种心态：有钱真好啊！虽然钱不是万能的，但没钱是万万不能的啊！但我们就是没钱啊，这些死有钱人太可恶了！

对于金钱的作用，早在西晋时就有个叫鲁褒的隐士，写了一篇《钱神论》，创造性地首次将铜钱称为"孔方兄"，说它"危可使安，死可使活，贵可使贱，生可使杀"，更有"钱无耳，可使鬼"一句，成为后世"有钱可使鬼推磨"的原型。鲁褒这个人没留下什么别的事迹，唯有《钱神论》名垂千古，据说此文一出，"盖疾时者共传其文"，就是说对现实不满的人纷纷转发——想一想，是不是和我们现在没事就贴那张"有钱就是能为所欲为"的表情如出一辙？

中国两千年来以儒家治国，儒家自然是耻于谈利的，甚至有人不屑于说"钱"字，以"泉""阿堵物"之类的别称代替，以至于到现代，收集古钱币的爱好者都以"泉友"相称。那么闭口不谈钱，就能摆脱金钱的纠缠了吗？那当然不能！这期间就有个非常出名的成语——"钱能通神"，生动诠释了金钱的威力。

"钱能通神"的故事发生在唐代。

相国张延赏将判度支，知有一大狱，颇有冤滥，每甚扼腕。及判使，即召狱吏严诫之，且曰："此狱已久，旬日须了。"明旦视事，案上有一小帖子，曰："钱三万贯，乞不问此狱。"公大怒，更促之。明日帖子复来，曰："钱五万贯。"公益怒，命两日须毕。明日复见帖子，曰："钱十万贯。"公曰："钱至十万，可通神矣。无不可回之事。吾惧及祸，不得不止。"

——《幽闲鼓吹》

唐德宗初年，时任宰相的张延赏要审理一起重大案件，因为这案子牵扯到严重冤狱，他严令狱卒，要求十日内结案，不料第二天张延赏桌上多了一张字条，上写"钱三万贯，乞不问此狱"，给您三万贯，就这么算了吧！张延赏看了以后勃然大怒，要知道这位张大人也不是普通出身，他父亲张嘉贞曾在唐玄宗时期当过宰相，他自己现在也是身居宰相高位，是不折不扣的高官世家，居然敢有人公开行贿？于是催促手下加紧办案。

次日桌上又多了一张纸条："钱五万贯。"五万贯钱，求您高抬贵手！张延赏直接拍桌子了："五万贯就想收买我，这是侮辱我的人格！我大唐是有王法的！"再次下令，要两日内审完此案。再次日，纸条又换了："钱十万贯。"

张延赏这次没有发火，而是选择了结案。他对手下说："钱至十万，可通神矣，无不可回之事。吾惧及祸，不得不止。"意思就是说，十万贯钱，连神仙都能买通，出价到这个数目没有不能挽回的事情，我就算不是贪官，也害怕惹祸上身啊！

单从这件事来看，张延赏选择向黑恶势力低头也情有可原，毕竟十万贯确实是一笔巨款。像《水浒传》里的智取生辰纲，梁山好汉们劫走的也就是十万贯，考虑到唐宋时期的物价差距，这宋朝的十万贯价值连唐朝的一半都不到，也难怪张延赏听到十万贯大惊失色。不过，十万贯不少，但对于张延赏这样的高官来说也很多吗？

在张延赏时代之后大约一百年，唐昭宗时期发生了这么一件事：

> 京辇自黄巢退后，修葺残毁之处。时定州有儿，俗号"王酒胡"，居于上都，巨富，纳钱三十万贯，助修朱雀门。昭宗又诏重修安国寺毕，亲降车辇，以设大斋。乃扣新钟，一撞舍钱一万贯，命大臣请各取意而击。上曰："有能舍一千贯文者，即打一槌。"斋罢，王酒胡半醉入来，径上钟楼，连打一百下，便于西寺运钱十万贯入寺。
>
> ——《玉泉子》

有个叫王酒胡的豪商，曾经一口气掏出数十万贯帮助朝廷修缮朱雀门，大家对此的反应也并不是"这人可以买通多少个神仙啊"，充其量好像看到某个姓王的老板说"先定个小目标，挣他一个亿"。这王酒胡后来还有个传说，唐昭宗重建安国寺后，宣布谁愿意出一千贯就可以来钟楼敲一记铜钟，结果王酒胡带着酒意而来，抢起鼓槌跟打"太鼓达人"似的，"连打一百下"，然后又捐出了十万贯……有钱真是可以为所欲为啊！

要知道，唐昭宗那会儿国力已经相当虚弱了，朝廷修朱雀门都得朝民间募款，而在遭受了黄巢之乱的长安居然还有土豪眼都不眨地掏出来几十万贯！那么在张延赏的时代，十万贯是什么概念呢？

张延赏做宰相是唐德宗时候的事情。在那之前不久，唐代宗时期，《旧唐书》里有这么一则记载：

> 郭子仪自河中来朝。癸卯，宰臣元载王缙、左仆射裴冕、户部侍郎第五琦、京兆尹黎干各出钱三十万，置宴于子仪之第……汴宋节度使田神功来朝……甲戌，鱼朝恩宴子仪、宰相、节度、度支使、京兆尹于私第。乙亥，子仪亦置宴于其第。戊寅，田神功宴于其第……公卿大臣列坐于席者百人。子仪、朝恩、神功一宴费至十万贯。
>
> ——《旧唐书·本纪第十一》

公元767年，镇守河中的郭子仪到长安拜见皇帝，因为他是大功臣，朝廷官员纷纷设宴款待，郭子仪自然也要回请，之后另一位功臣田神功也来了，再加上唐代宗的亲信宦官鱼朝恩，大家来回请客，高端饭局，每次宴会列席吃喝的高官显贵动不动上百。三位大佬请客，一次就要花十万贯！腐败，太腐败了！

可见，至少在这个时期，十万贯对达官贵人来说着实是不算什么事儿。张延赏这个故事发生的时候是唐德宗初年，物价比较低，他那会儿的十万贯，放到前面那个年代大概相当于四十到六十万贯，放到后面相当于二三十万贯——也就是郭子仪他们多吃几顿饭的事情，前面那几位大佬两个人就掏出来了，王酒胡一个人就能掏出来，而家里两代都当了宰相的张家，更是怎么看都没有被十万贯吓住的道理。

所以结合史书上对张延赏的记载，我们有理由相信，这是张大人一次明智的就坡下驴。

证据一，《旧唐书》里说，张延赏曾经与名将李晟结怨，原因居然是李晟在班师时不打招呼带走他属地里一名官妓，张延赏闻讯大怒，派人追了回来，于是两人结下梁子，后来朝廷讨论对付吐蕃的攻略，张延赏对李晟的提案一律反对，并在皇帝面前一直说李晟的坏话——由此可见，张延赏并不是那种一心为公、毫无私心的官员，而且心眼特别小。

证据二，张延赏有个很出名的"吾不识人"典故，虽然不记录在正史中，但唐朝的小说笔记多次采用，甚至有相关戏剧，可见这事儿未必全是虚构——张延赏选女婿，妻子苗夫人选中一个叫韦皋的秀才，张延赏看不起这个穷女婿，韦皋于是离开张家去搏个前程，后来真的立下大功，被封为剑南西川节度使，正好代替张延赏。张家听到继任者的名字后，苗夫人说："一定是我家女婿！"张延赏大笑道："天下同名者那么多，你说的那个韦皋一定已经死在臭水沟里了！"第二天韦皋入城，张延赏远远认出女婿，顿时满脸羞惭，对人说："吾不识人！"竟从另一侧跑出城去了。这个故事传开，不但令天下岳父都不敢小觑自家上门女婿，也让我们看到张延赏另一面：张大人的势利眼非常突出啊！

证据三，张延赏曾上疏建议裁撤官员以削减朝廷财政开支，由此受到其他官员反感，张延赏察觉到自己变成朝廷公敌，又马上改了主意，"自建议减员之后，物议不平，延赏惧，量留其官"——认为应该酌情处理，不必那么快裁员，所以说张延赏大人其实并不是一个坚持原则的人……

所以"钱能通神"的真面目，或许是这样的：这会儿能拿出十万贯的人，至少也是顶级权贵，也就是和张延赏等级差不了太远的人。张大人自家也不是什么廉洁奉公之辈，今天不给对方留面子，安知将来不会有人给自己下绊子？郭子仪他们一顿吃十万贯屁事没有，再往前一年可是有个刺史贪污二十四万贯被判了砍头抄家！

更可怕的是，前后三次，小纸条就那么无声无息跑到了他办公桌上！这说明他的亲信里面就有对方的人，而且是铁了心为对方效力的。他要再不服软，下次来的还会是贿赂条子？《教父》里面，电影界大亨不听黑社会老大的话，给好处也不干，结果第二天醒来，他的爱马就被砍了头，血淋淋的脑袋放在他床边上！就问你怕不怕？张延赏虽然是出了名的小心眼，但轻重还是分得清的，这种事，能做个人情就做了吧！

不过开头说得那么慷慨激昂，缩太快面子也过不去，所以张延赏才要以"钱能通神"为借口堵人的嘴，反正听他解释的都是一些普通底层官吏，没那么有钱，用十万贯足以当作理由了，如果真有人不识趣……你觉得十万贯也不能收买你？这位看来是见过钱的人物啊，要不要去家里搜一搜哇？《人民的名义》看过没有？说不定你床下面铺的全是钱呢？

　　张延赏"钱能通神"的故事，并不能让我们感慨"有钱就是能为所欲为"，反而会让我们对张大人的人品有所不屑：你要是清廉如水，一心为国，毫无破绽，我就不信你会怕了这十万贯！

食指大动

王八引发的血案

最近有句话说得特别好，你拿我十块钱行，但你拿我十块钱吃的，不好使！现在美食成了我们生活中最重要的事情，没有之一。朋友聚会，刚上桌都不能动筷子，这样做过去是为了表示对长者或主位贵客的尊重，说明我是一个懂规矩、有文化的人，现在不动筷子，是为了先拍照，好在朋友圈里炫一下，表示我是一个轻松的人，我的生活是有品质的。谁要是敢在大家都没拍的时候就动了筷子，众目睽睽之下，你就是众矢之的啊，大家的眼神都在说，这人谁啊，谁带来的，拼桌的吗？太不懂规矩了！

掌门说了，自己兄弟，拿我的钱没事儿，但你敢动我的吃的，和你拼命。这不是危言耸听，是确有其事，而且还留下了个成语，食指大动。这个成语的本义是有美味可吃的预兆，后来还逐渐引申出另外一个意义：形容见到好吃的东西而贪婪的样子。成语的出处那是远在春秋时期——可见那会儿中国就是吃货国啊。

> 楚人献鼋 [01] 于郑灵公。公子宋与子家将见。子公之食指
> 动，以示子家，曰："他日我如此，必尝异味。"及入，宰夫
> 将解鼋，相视而笑。公问之，子家以告。及食大夫鼋，召子
> 公而弗与也。子公怒，染指于鼎，尝之而出。公怒，欲杀子公。
> 子公与子家谋先。子家曰："畜老，犹惮杀之，而况君乎？"
> 反谮子家，子家惧而从之。夏，弑灵公。
>
> ——《左传·宣公四年》

这故事的起因是一锅红烧大甲鱼。鼋这东西是鳖的近亲，可以说也是种大甲鱼。差别是这东西长得特别大，据说肉味也特别好——以至于历代下来被人类吃成了濒危动物，现在大家可不能再吃这玩意儿，犯法。

春秋时期，郑国有两位大夫：一个叫公子宋，又叫子公；另一个叫公子归生，又叫子家。一天两人结伴上朝，公子宋的食指忽然动了一下，他便跟子家说："哎呀，今天咱们有口福了，不知道是什么好吃的。"把公子家弄得莫名其妙。公子宋解释说，他的食指有特异功能，只要有好吃的就会不由自主地动起来——这活脱脱一美食雷达啊。

果不其然，二人刚进宫就发现御厨正在杀一只大鼋。是楚国送

---

[01] 鼋，音 yuán，淡水龟鳖类中体形最大的一种。

来祝贺郑灵公登基的礼物。这下子家对公子宋食指的"特异功能"是彻底服了，两人相视一笑，正好被郑灵公看到。郑灵公问子家怎么回事，子家就把事情原委向灵公禀明。郑灵公听完后，心里大概就犯嘀咕了："食指一动，就有好吃的，有这么邪乎吗？给不给你吃，还不是我说了算！"

炖甲鱼做好了，装在大鼎里，大夫们分一分，都有份儿。唯独一个例外：公子宋面前的桌案上什么也没有。这显然是郑灵公的有意安排。公子宋恼羞成怒，忽然起身，做出了一个极其大胆并出人意料的举动：在众目睽睽之下，他走到郑灵公的面前，把食指伸到炖甲鱼的鼎中蘸了一下，放到嘴里，贱贱地嘬干净，梗着脖子大摇大摆扬长而去了。

好好的王八汤就这么给毁了，郑灵公那个气啊。而且鼎是国之重器、权力的象征，不经君王的允许随意蘸取国君鼎中之物，是对君王权力的觊觎，是对统治地位的挑战。此时，郑灵公已心生杀意。

公子宋回家之后可能也觉得后悔，但事已至此，他也明白郑灵公会杀了他，于是先发制人，拉着公子家一起造反杀了郑灵公。郑灵公在位不足一年，就这么因为一只王八丢了性命。

网上有人说，郑灵公死后郑国大乱，公子宋也死了。这个说法并不对，郑国并没有大乱，公子宋和公子家很快拥立了郑灵公的弟弟做新的国君。公子宋自然也没死，继续当大夫，三年后还作为郑国丞相陪着新君出国，跟晋国签署和平条约：

郑及晋平，公子宋之谋也，故相郑伯以会，冬，盟于黑壤……

——《左传·宣公七年》

此后史书中就没看到他的踪影了，结局不知如何。又过了三年，故事里的最后一个主角子家倒是死了，死后全家都被赶出了郑国，还被掘墓开棺：

> 郑子家卒，郑人讨幽公之乱，斫子家之棺而逐其族。改葬幽公，谥之曰灵。
>
> ——《左传·宣公十年》

为啥要改谥号呢？原本的谥号"幽"是个很坏的评价，说他违背礼制，坏了规矩，显然是子家和子公二位对头给起的。改了之后的"灵"也还是差评，说他瞎搞事情，又不能平息，但相对客气了几分。

这事情就给我们留下了三个成语：食指大动、染指于鼎、染指垂涎。食指大动前面解释过了。染指于鼎，本义就是把手指放在鼎里蘸蘸，尝尝滋味；后来就用这个成语比喻占取非分的利益。"染指"这个词儿也是由这个典故而来。"染指垂涎"就更好理解了，也是比喻急于占取不属于自己的东西，说白了就是面对美食急不可耐并且吃相难看。

三个成语里后来最广为人知的还是"食指大动"。金庸先生有个人物形象，就是从这个成语来的——九指神丐洪七公。

> 洪七公搔耳摸腮，坐下站起，站起坐下，好不难熬，向郭靖道："我就是这个馋嘴的臭脾气，一想到吃，就甚么也都忘了。"伸出那只剩四指的右掌，说道："古人说：'食指大

动'，真是一点也不错。我只要见到或是闻到奇珍异味，右手的食指就会跳个不住。有一次为了贪吃，误了一件大事，我一发狠，一刀将指头给砍了……"郭靖"啊"了一声，洪七公叹道："指头是砍了，馋嘴的性儿却砍不了。"

——《射雕英雄传·第十二回》

　　不知道同样有这特异功能的洪七公跟春秋时期那位公子宋有没有啥亲戚关系？这不是没可能的，洪姓的来源之一祖上就有郑国的共叔段，跟公子宋是远房亲戚。

　　洪七公是虚构人物，不过宋朝确实吃货很多，最出名的就是苏东坡。从猪肉到荔枝，从芥菜到豆粥，他都喜欢吃，会吃。甚至剧毒的河豚他也吃，所谓"拼死吃河豚"，据说就是从他那儿来的。

　　掌门也是个美食爱好者。话说"非典"时期，北京满大街几乎都没有人，车想怎么开就怎么开。掌门和一群比我大一轮的哥哥们一看，好啊，去哪家馆子，现在也不用担心人多没地儿了，北京有名的那些老馆子，传说当中的老字号，因为都是国营的，"非典"期间也基本没歇业，我们全吃了个遍，什么翠花楼的糟熘鱼片、芙蓉鸡片，柳泉居的葱烧海参、糟熘三白，同和居的三不沾、乌鱼蛋汤，东兴楼的九转大肠，砂锅居的砂锅白肉，曲园的软炸里脊、火爆腰花，白奎老号的烧羊肉、白水羊头，吃得那叫一个痛快！

　　有家店的松鼠鳜鱼做得漂亮，掌门和一众哥哥就着二锅头吃到嘴滑。吃过这道菜的都知道，松鼠鳜鱼一定要趁热吃，外焦里嫩酸甜可口，而且要大口吃才香，掌门吃东西一向很投入，而且吃相诱人，看我吃饭都能增加食欲。不过年年打雁也有被雁啄了眼的时候，当时吃太急了，有根刺没咽下去扎在喉咙里了。什么办法都试了，喝醋，咽馒头吞米饭，还是下不去，叫我体会了一把如鲠在喉，没辙，饭也吃不了，馒头连着咽了仨了，酒也喝不下，疼啊，咽口唾沫都疼。到了晚上不动都疼。

最后实在没办法，硬着头皮去医院，打车的时候一说去医院司机都不愿意拉，掉头就跑，掌门只好先上车再说去哪儿，司机一听就吓坏了，您没发烧吧，我要收车了，去不了。我只好强忍疼痛，连比画带赌誓发愿讲了半天，才没给我轰下去，还是半信半疑地打开了所有窗户，飞一般地给我送到了医院。连医生都说，这时候敢来医院的那真是胆儿太大了。我该怎么解释呢？一个吃货对美食的追求是无所畏惧的，是敢于直面生死威胁，要不怎么说"冒死吃河豚"呢？

话说回来，为美食造反，这事上公子宋其实也不是头一个。就在食指大动故事发生之前两年，就有过一件类似的事情。巧的是，这事情还又跟公子家有关：

> 郑公子归生受命于楚，伐宋。宋华元、乐吕御之。二月壬子，战于大棘……将战，华元杀羊食士，其御羊斟不与。及战，曰："畴昔之羊，子为政，今日之事，我为政。"与入郑师，故败。
>
> ——《左传·宣公二年》

公子家带兵去攻打宋国。宋国方面带兵的元帅是华元。开战以

前他下令杀羊给重要将佐们分着吃，鼓舞士气，但是没给他的车夫羊斟吃。羊斟表面上没说啥，等到开打了，驾着战车就直奔郑国阵营，把老板给送菜了，嘴里还说：之前分羊是你做主，现在驾车可是我做主啦。于是宋国军队大乱，惨败。华元也做了公子家的俘虏。

公子家有过这样的经验，肯定知道爱好美食的人如果吃不到那怨念会有多可怕。如果郑灵公采取行动之前先问问他，事情大概也不会闹成后来那样了。

所以大家记住了，有好吃的千万不要自己一个人吃，一定要拿出来和大家分享，尤其是住宿舍的，当老板的，前者别躲在被窝里吃独食，小心你的室友半夜给你裤头里抹风油精，别问我是怎么知道的。做老板的要是走夜路被打了闷棍，一定要想想是不是好久没请员工吃饭了。

让梨推枣

小孩早熟不太好

现在的家庭，往往都有二胎。家族聚会，一群小朋友争着吃水果的场面，想必大家都有所感慨吧。如今的孩子啊，都不知道什么叫谦让！好几次我就看见大孩子抢了吃，小孩子吃不到喜欢的水果，哭得鼻涕都流出来了！

今天呢，我们就讲讲古代小朋友间礼貌让食的成语故事——让梨推枣，也可以说推枣让梨，是古代称赞兄弟之间亲密无间、敬爱礼让的成语。

推枣这个典故一般人可能不太熟悉，先介绍一下。这两个字来自"王泰推枣"，是南梁时代的故事：

> 泰幼敏悟，年数岁时，祖母集诸孙侄，散枣栗于床上，群儿皆竞之，泰独不取。问其故，对曰："不

取，自当得赐。"由是中表异之。既长，通和温雅，人不见其
喜愠之色。

——《梁书·列传第十五》

说的是这样一个故事：南朝人王泰小时候，祖母召集家里的好
多孩子，拿出许多枣子栗子给大家，于是孩子们都上去抢，只有王
泰不抢，在旁边站着。于是后世就拿推枣这个故事形容兄弟友爱。
但是我们读一下原文，会发现实际上他的意思是说：我不去拿不去
抢，老祖母一样会给我一份。王泰不抢枣子栗子，跟兄弟友爱谦让
没有半毛钱关系，完全是早熟的世故练达。

问题就是后世的很多人在讲这个故事的时候，大多讲到王泰不
抢东西吃，就不再往下讲了，并且得出"兄弟友爱"的结论。这是
典型的断章取义啊！

说完对王泰推枣的猜测，我们反过头来想想，孔融让梨就一定
真的是兄弟友爱吗？我们来仔细看这个故事再说。

《续汉书》曰："孔融，字文举，鲁国人，孔子二十世孙也。
高祖父尚，钜鹿太守。父宙，泰山都尉。"《融别传》曰："融四岁，
与兄食梨，辄引小者。人问其故。答曰：'小儿，法当取小者。'"

——《世说新语笺疏·言语》

孔融是东汉时期山东曲阜人，是孔子的第二十世孙。他的高祖
做过巨鹿太守，父亲孔宙是泰山都尉，绝对的名门望族。按照《融

别传》的记载，孔融四岁的时候，跟几个哥哥一起吃梨子，他主动拿最小的。被询问原因的时候回答说："我是最小的儿子，理当拿最小的梨子。"

孔融的这些表现和话语，真的是一个四岁小孩能够主动做出来的吗？会不会是有人教他这么干的呢？会不会这个故事根本就是杜撰的呢？那有人要问了：如果是作秀或者编造，目的是什么呢？

在古代，男人立世最好的出路应该就是做官了。在汉朝，没有科举考试制度，想当官主要靠的是察举、征辟、荫庇。荫庇制度可以说是上古贵族世袭制的遗存，在汉代被称为"任子"，达到一定条件的官员的儿子依照父辈的级别直接可以做官。征辟，就是朝廷征召名望显赫的名士出来做官。察举则是由地方官留意发现当地人才并推荐给上级。在某些时候，还有最后一个途径：花钱买官。

靠爹或者靠钱当官的，说起来怎么都不太好听。察举和征辟则有个共同点，要靠名声。于是问题来了，你如果想当官，你应该如何让众多的吃瓜群众知道你的才德呢？如何让负责察举推荐人才的官吏知道你是个符合要求的人才呢？那就得靠口口相传稀奇事情了。孔融让梨这事的传播，成了孔融成名的起点。所以我觉得王泰推枣、孔融让梨的故事，与其说是体现兄弟友爱，倒不如说是体现了小孩的城府心机。

孔融10岁的时候，跟父亲去京城，他自己跑到当时的大名士李膺那儿，来了一次出色的表演，让世人惊讶于他的辩才。13岁，孔融的父亲逝世，他"哀悴过毁，扶而后起"，世人称之为孝子楷模。16岁，他哥哥孔褒的朋友张俭因得罪宦官被通缉，投奔孔家，孔褒不在，孔融让张俭留宿。结果事情败露，兄弟二人和孔妈妈"一门争死"，朝廷发话了，让孔褒抵罪。《后汉书·孔融传》在这里接了一句，"融由是显名"。

孔融成年后果然做了大官。他那张嘴越发厉害得不行。从何进到董卓，都被他怼得不要不要的。之后天下大乱，董卓把他丢到了北海郡——黄巾军最爱骚扰的地带之一。终于执掌一方，有机会经营自己的势力时，孔融的表现却不咋的：

> 融住北海，自以智能优赡，溢才命世，当时豪俊皆不能及。亦自许大志……不肯碌碌……然其所任用，好奇取异，皆轻剽之才……论事考实，难可悉行。但能张磔网罗，其自理甚疏。租赋少稽，一朝杀五部督邮。奸民污吏，猾乱朝市，亦不能治……连年倾覆，事无所济，遂不能保郭四境，弃郡而去。后徙徐州……王子法、刘孔慈凶辩小才，信为腹心……遂为袁谭所攻……流矢雨集。然融凭几安坐，读书论议自若。城坏众亡，身奔山东，室家为谭所虏。
>
> ——《九州春秋》

简单地说，他虽然自命不凡，但用人施政都不行，就靠嘴皮利索，表面样子好，但实际上局面是越搞越糟，最后自己抛下家人独自逃跑，投了曹操。落魄而逃，依附强者之后，就算是心不甘情不愿，你也好歹也得低调一些啊。他偏不，照样常常以讽刺、挖苦的方式和曹操唱反调。

初，曹操攻屠邺城……操子丕私纳袁熙妻甄氏。融乃与操书，称"武王伐纣，以妲己赐周公"。操不悟，后问出何经典。对曰："以今度之，想当然耳。"后操讨乌桓，又嘲之曰："大将军远征，萧条海外。昔肃慎不贡楛矢，丁零盗苏武牛羊，可并案也。"……年饥兵兴，操表制酒禁，融频书争之，多侮慢之辞……又尝奏宜准古王畿之制，千里寰内，不以封建诸侯。操疑其所论建渐广，益惮之。

——《后汉书·列传第六十》

比如曹操攻下邺城，曹丕把甄氏抢回了家，孔融就挖苦他说这好比"武王把妲己赐给周公"。曹操开始还以为是啥自己不知道的典故，被他好生嘲讽。这还可以说是讽谏的话，曹操攻打乌桓好稳定北部边疆他也嘲讽，说是去游玩，还嘲笑说干脆用周朝和西汉的旧事做借口，再玩得远点——这就过了。

讽刺挖苦还在其次，否定重大决策更是对当权者的反叛和打击。譬如曹操颁布了一条禁酒令，说酒会亡国，必须严禁。要说这也是利国利民之策：当时大家饭都没得吃，有钱人拿粮食酿酒，确实不好。可孔融不干了，跳出来高谈阔论，说了不少难听话。

反对一回就算了，可孔融回回都反对，这就让曹操极度恼火，记恨在心。你这是反复踩脸啊。时时处处恃才傲物，说怪话讲酸话，是历史上不少自命清高之士的嗜好。仿佛不这样，就显示不出自己有智商，就显示不出自己卓然不群。谁喜欢总是听反对自己的声音呢？受虐狂除外。

建安十三年，公元208年，秋七月，曹操要发兵南攻荆州刘备。他知道孔融和刘备的关系一向亲密，当年若不是刘备，孔融势力会更早灭亡。这家伙平时就一贯唱反调，难保这回他不会背后下烂药。于是曹操决定，让手下罗织罪名干掉孔融。

　　曹操既积嫌忌，而郗虑复构成其罪，遂令丞相军谋祭酒路粹枉状奏融曰：少府孔融，昔在北海，见王室不静，而招合徒众，欲规不轨，云"我大圣之后，而见灭于宋，有天下者，何必卯金刀"。及与孙权使语，谤讪朝廷。又融为九列，不遵朝仪，秃巾微行，唐突宫掖。又前与白衣祢衡跌荡放言，云"父之于子，当有何亲？论其本意，实为情欲发耳。子之于母，亦复奚为？譬如寄物缶中，出则离矣"。既而与衡更相赞扬。衡谓融曰："仲尼不死。"融答曰："颜回复生。"大逆不道，宜极重诛。书奏，下狱弃市。时年五十六。妻子皆被诛。

　　　　　　　　　　　　　　　　——《后汉书·列传第六十》

罪名当然不能说是"他老跟朝廷唱反调"，而是另找了几条。

第一，说从前孔融在北海想造反，说自己是孔圣人的后代，坐天下的不一定是"卯金刀"——不一定是刘家。

第二，说他勾结孙权，说朝廷坏话。

第三，说他身为高官，不遵守礼仪规范，出门不戴头巾，四处乱跑，不成体统。别小看这事，"礼制"从汉代开始可是很重要的规范。

　　第四，跟之前大家都讨厌的祢衡那个喷子鬼混。两人说啥父母对子女没有恩情，父亲只是出于情欲，母亲就像是个暂时的容器——当初你不是以孝闻名的吗？现在这算哪出？

　　第五，他们俩互相以孔子和颜回称许，这是大逆不道，要做活圣人啊——你们做活圣人，皇上、丞相要怎么办？

　　孔融的这些话和这些行为，放到今天也可能被人在网上骂，不过怎么也算不上啥大事。但在东汉那个时候，那可不一样。于是，曹操理直气壮地杀了他，事后又发了公告，说他就是嘴皮子好，让人注意不到他的坏。还补充了一条罪状，说他讲遭了饥荒，要是老爹不好，那就饿死拉倒，粮食拿去给别人吃。最后说，我后悔没早点砍了他——这话应该是曹老大的心里话，这几年被他骂了多少次啊。

　　　……孔融既伏其罪矣，然世人多采其虚名，少于核实，见融浮艳，好作变异，眩其诳诈，不复察其乱俗也……又言若遭饥馑，而父不肖，宁赡活余人。融违天反道，败伦乱理，虽肆市朝，犹恨其晚。

　　　　　　　　　　　　　　　　　　——《魏氏春秋》

　　顺便交代一下，那位罗织罪状的路粹也没好下场：此后大家都怕这位，绕着走。过了几年，曹操大概也觉得这种人危险，找了个借口把他也给砍了。有意思的是，曹丕对路粹和孔融这对生死仇家倒是都欣赏得很。

　　曹操杀孔融，现在看来无疑是个冤案。但反过来说，孔融也挺过分的，只是曹操报复得太狠了。现代社会不像古代了，言论自由程度大了很多，可在职场上，说话还是要注意点分寸，仗着口舌之利侮弄他人是不可取的。小孩子靠嘴狠可以，成年人再这样就不适合了。

探骊得珠

富贵须向险中求

　　在人工智能领域当中，谷歌的"阿尔法狗"现在算是威名远扬了。2016年3月，它以4∶1的总比分战胜围棋世界冠军、职业九段选手李世石；年底在中国棋类网站上它以"大师"（Master）为注册账号与中日韩数十位围棋高手进行快棋对决，连续60局无一败绩。今年，经过几番鏖战，又完全击败了排名人类第一的棋手柯洁。在围棋这方面，它已经是天下无敌了——然后立马就宣布退隐江湖，很有武侠故事里大侠"事了拂衣去，深藏身与名"的风范。

　　可惜它不是我们中国造的。说到国产AI呢，今年在腾讯野狐网上冒出个"骊龙"，杀得包括柯洁在内的一众职业棋手没有还手之力，实力一点不亚于谷歌"阿尔法狗"，仅仅于1月19日一天，骊龙共弈17局，14胜3负，有人告诉我这也是人工智能，并且是

国内公司开发的，这么说的话国内人工智能进步的速度惊人，已经
快赶上"阿尔法狗"了。人送外号，野狐骊龙。

掌门在这里就不和大家讨论人工智能到底有多厉害，是不是有
一天会取代人类，就和大家说说骊龙，以及跟骊龙密切相关的一个
成语。龙是啥，要说清楚不容易，大概是很猛的神兽，这个大家都
知道。骊这个字，看结构就知道跟马有关。我国上古马是很重要的
战略资源，对于马分得特别细，许多特征不同的马都专门造字称呼，
这个骊呢，本来就是黑马的意思，后来也转指深黑色。

骊，马深黑色。

——《说文》

所以骊龙也就是黑龙的文雅说法。在《西游记》里那个被魏征
斩杀的泾河龙王，他的九个儿子当中第二个就是"小骊龙"。明朝
大学者胡俨有首饶有趣味的十二生肖诗，里面也有这个词：

鼷鼠饮河河不干，牛女长年相见难。赤手南山缚猛虎，月中取
兔天漫漫。骊龙有珠常不睡，画蛇添足适为累。老马何曾有角生，
羝羊触藩徒忿嚏。莫笑楚人冠沐猴，祝鸡空自老林邱。舞阳屠狗沛
中市，平津放豕海东头。

这诗一句一典，说到龙的时候，用的典故由来就是掌门今天要
讲的"探骊得珠"这个成语。

　　探骊得珠这个成语有几个不同的含义。第一个是本义，指为了巨大的利益去冒巨大的风险；后来常用的却是另一个意思，比喻做文章写得漂亮、深刻，能抓住最本质的东西。

　　这成语最早来自战国时代的哲学家、大文豪庄周。

> 　　人有见宋王者……庄子曰："河上有家贫恃纬萧而食者，其子没于渊，得千金之珠。其父谓其子曰：'取石来锻之！夫千金之珠，必在九重之渊而骊龙颔下。子能得珠者，必遭其睡也。使骊龙而寤，子尚奚微之有哉！'……使宋王而寤，子为齑粉夫。"
>
> ——《庄子·杂篇·列御寇》

　　有个拜会过宋王的人，机缘巧合之下，宋王赐给他车马十乘，此人倚仗这些车马在庄子面前炫耀。庄子说："河上有一个家庭贫穷靠编草帘子为生的人家，他的儿子潜入深渊，得到一枚价值千金的宝珠，父亲对儿子说：'拿石块来锤坏这颗宝珠！这价值千金的宝珠，必定出自深潭底黑龙的下巴下面，你能轻易地获得这样的宝珠，一定是正赶上黑龙睡着了。倘若黑龙醒过来，你还能活着回来吗？'如今宋国的险恶，远不只是深深的潭底；而宋王的凶残，也远不只是黑龙那样。你能从宋王那里获得十乘车马，也一定是遇上宋王睡迷糊了。倘若宋王一旦醒悟过来，你也必将粉身碎骨。"

　　探骊得珠的第一层含义"冒大险得大利"就从这个故事而来。相似的成语和民谚俗语很多，比如虎口拔牙、不入虎穴焉得虎子、富贵须向险中求、撑死胆大的饿死胆小的、人无横财不富等等，不过一般都跟庄子持相反的态度。探骊得珠故事里的父子俩，就代表了截然相反的两种人生态度。编草帘子的父亲没有大的追求，有口饭吃度过一生就满足了。而儿子就代表着那种愿意冒着风险去追求更好生活的人生态度。

在古代，第一种人就是老老实实种田吃饭，世道不太平的话就躲进深山，最好是找到《桃花源记》那样的世外桃源，与世无争，平安度日。而第二种人，就存着"王侯将相宁有种乎"的信念，有点风吹草动，马上就揭竿而起，这其中有几个固然是"胜者王侯"，比如最著名的刘邦和朱元璋，但是千千万万的最后"败者贼"，死无葬身之地。

在现代，两种人生态度的典型代表都体现在投资的选择上。第一种人选择银行存款或国库券这类低风险投资，这种投资的回报率只有百分之几，但是只要国家政权和社会经济不出现特别重大的动荡，那么基本上是安全保险的。第二种人则选择高风险高回报的投资，这些投资一旦成功，回报率非常之高，但是万一投资失败了，很可能血本无归。这两种态度都无可厚非，自己选择，自负后果。正所谓"股市有风险，投资须谨慎"。

不过探骊得珠现在常用的是它的引申意义，是"比喻做文章扣紧主题、抓住要领"。这个意义从哪儿来的呢？就要稍微拐一圈了。

探骊得珠这个故事出来以后，很多人都爱其中"千金之珠……骊龙颔下"这个形容，于是就产生了"骊龙宝珠""骊珠"这类形容，用来形容宝贵的东西——一方面值钱，另一方面骊龙一看人来偷就要怒而杀人，可见它也是很宝贝这玩意儿的。比如三国时代的大才子，"才高八斗"的曹植就有这么一段话：

> 步光之剑，华藻繁缛。饰以文犀，雕以翠绿。缀以骊龙
> 之珠，错以荆山之玉。
>
> ——《七启》

说给一把宝剑加以各种装饰，犀牛角啊，翠鸟毛啊，骊龙的宝珠，荆山的宝玉。这里骊龙珠就已经没有多少危险的意思，单纯是形容宝珠的贵重了。

到了南北朝，文学家吴均写了一篇檄文，说要江神把周穆王当年丢在江里的玉璧还给人类，文章里面说如果江神不还宝贝的话就要派人去抢：

> 把昆吾之铜，纯钩之铁，被鱼鳞之衣，赴螺蚌之穴，引
> 潮东隅，移燋北岛，使蓬莱之根，郁而生尘，瀛洲之足，净
> 而可扫，按骊龙取其颔下之珠，搨鲸鱼拔其眼中之宝。
>
> ——《檄江神责周穆王璧》

到了这里，探骊得珠成了"按骊取珠"，把骊龙打趴下了抢珠子。这战天斗地的激情可真是厉害啊。不过这还只是文学家夸张的想象，骊龙珠也只借用了宝珠的喻义，还没有转到现在这个意思上。

到了晚唐，福建出了一位文坛宗师——黄滔，号称"福建文坛盟主，闽中文章初祖"。他一生著述颇丰，名声赫赫，还提携了许

多后进晚辈，一辈子过得是风风光光。早年他也出身贫寒，由于无人举荐，花了二十多年才考上进士，不过后来得到高官赏识，从此一帆风顺，大展长才。于是他很得意地写了一首诗给同年考上的进士们晒幸福。其中有两句这么说：

> 虽惭锦鲤成穿额，忝获骊龙不寐珠。
>
> ——《成名后呈同年》

这就开始把骊龙珠比喻成自己经过艰苦学习取得的成就了，而且这里还强调"骊龙不寐"——我就是趁它醒着去弄来的，不是碰运气，全靠真本事。有了这些铺垫以后，骊龙珠这个典故里面危险的意思淡了，倒是被拿来作为文学比喻了。

于是到了五代，在后蜀学者何光远的《鉴诫录》里面，就有了这么一个段子：

> 长庆中，元微之、刘梦得、韦楚客同会白乐天之居……乐天曰："……今群公毕集，不可徒然，请各赋《金陵怀古》一篇，韵则任意择用。"……刘骋其俊才，略无逊让……一笔而成。白公览诗曰："四人探骊，吾子先获其珠，所余鳞甲何用。"三公于是罢唱，但取刘诗吟味竟日，沉醉而散。
>
> ——《鉴诫录·四公会》

说是在唐穆宗那会儿，元稹、刘禹锡等几个诗人在白居易家聚

会聊天，白居易说我出个题目，大家每人写首诗来比赛吧！结果官小的刘禹锡最先完成，白居易看了就说，"四人一起去骊龙那儿探宝，小兄弟你先把宝珠拿了，剩下只有它身上的没啥用的鳞甲了！"意思是，你把最好的那一首都做出来了，我们还作诗干啥？来来来，大家别管什么诗了，喝酒喝酒！

　　从这里开始，探骊得珠就有了"获得最好的东西""文章写得最精当"的引申意义。不过，现代学者认为，这个故事其实是虚构的，因为故事里提到的刘禹锡的这首诗内容是：

　　　王浚楼船下益州，金陵王气黯然收。千寻铁锁沉江底，
　　一片降幡出石头。人世几回伤往事，山形依旧枕寒流。今逢
　　四海为家日，故垒萧萧芦荻秋。

　　　　　　　　　　　　　　　　　　　——《西塞山怀古》

　　该诗作于他在四川旅行途中，跟当时在洛阳的白居易等人没关系。

　　最初探骊得珠的故事里面，前因后果都是很偶然的情况，而现在拿来形容写文章，是有准备有设计按部就班的行为；就算是用来形容冒险图利，那也是有意识的。某种程度上也反映了庄子那时候的社会生产力不发达，人类对大自然的畏惧之情比后来更盛的事实。不过，就算是到了今天，人类也还没能真正"征服大自然"，在开发"骊龙宝珠"的时候，也还是要小心些才好呢。

徙木立信

重建政府公信力

去年开始，共享单车风靡了各大城市。由于竞争激烈以及一些负面传闻，很多用户经常会产生疑虑。由于使用共享单车需要先交纳99元至299元不等的押金，所以很多用户担心万一哪一家共享单车公司突然倒闭了，押金要不回来怎么办？这时候马爸爸果断出手，支付宝整合了好几家共享单车公司。支付宝推出了芝麻分700分以上免押金使用小蓝单车和永安行单车。这下用户放心了，骑一次车5毛钱或是一两块钱，付账完事，不用担心押金的问题。那么为什么有芝麻分就能免押金呢？

这个芝麻分就代表着信用。数据系统通过你购物、支付、信用卡还款等很多行为来判断你的信用好不好，从而通过分数高低来体现你的信用，信用良好，就可以免押金使用单车、免押金租车、贷款等等。现在的社会是个信用社会。信用是什么呢？信用是长时间积累的信任和诚信度，是能够履行诺言而取得的信任。很多人说，西方是信用社会，中国以前没有信用体系，也不重视信用。这可不对，中国两千多年前就有关于信用的成语，证明那时候人们就已经认识到信用的重要性。

这成语就是"徙木立信"，指的是用某种方法树立典型，让大家相信政策、法令的信用。这个成语有另一个可能很多人更熟悉的叫法是"南门立木"，"一言为重，百金为轻"也出自于此。

这个故事的主角是战国时代著名改革家商鞅，故事最初见司马迁的记载：

> （孝公）以卫鞅为左庶长，卒定变法之令……令既具，未布，恐民之不信，已乃立三丈之木于国都市南门，募民有能徙置北门者予十金。民怪之，莫敢徙。复曰："能徙者予五十金。"有一人徙之，辄予五十金，以明不欺。卒下令。
>
> ——《史记·商君列传》

公元前359年，秦孝公为了增强国力，任命来自卫国的商鞅为"左庶长"——相当于副丞相，要推行变法。新法的条令制定好了，还没颁布出去，不过颁布以后遇到的阻力已经可以预想得到：除既得利益者的顽固阻挠外，老百姓对新政策也会有疑虑。商鞅为解除人们的疑虑，命人在国都南门处立了一根三丈多高的木柱，声明谁搬动这根木柱到北门就赏十金——这个是十份黄金还是十份铜币现在有争议，总之这钱不少。

围观的人都不相信搬个木头就能给那么多钱，所以都在那儿看热闹，没有人去搬。过了几天商鞅又宣布：谁能把此木柱由首都南门搬到北门，赐金五十。一下子赏金翻了五倍，终于有一个胆壮的大力士忍不住了：万一是真的呢？他上去搬走了木柱，果然得到五十金的赏赐！

这件事传开去，人们才相信商鞅所代表的秦国国君和内阁言出必行，商鞅乘势公布了新法。新法赏罚分明，规定官职的大小和爵位的高低以打仗立功为标准。贵族没有军功的就没有爵位；多生产粮食和布帛的，免除劳役；凡是为了做买卖和因为懒惰而贫穷的，连同妻子儿女都罚做官府的奴婢。

商鞅这种划时代的变革，最初遭到了贵族领主的强烈抗议。广大平民百姓内心拥护，但不相信能够变革，更不用说能够兑现。在这种状况下，商鞅在"徙木立信"之后又采取了进一步的措施，严惩贵戚。商鞅说："法令不行，由于贵戚犯法。要行法，先从太子开始。"太子是储君，不便施刑，就把太子的老师施了黥刑，还把太子叔父的鼻子给割了。

随着新法的颁布和实施，秦国农业生产迅速发展，战争节节胜利。据《史记》记载："行新法十年，秦民大悦，路不拾遗，山无盗贼，家给人足，民勇于公战，怯于私斗，乡邑大治。"

所以"南门立木"和"一言为重，百金为轻"的意思是：严守自己诺言比百两黄金还珍贵。指信守诺言可贵。北宋的王安石跟商鞅一样也是一位激进的变法者，他在一首称赞商鞅的诗中以"一言为重百金轻"来比喻言出必行的重要。

南门立木看起来不错啊，树立了内阁的信用和威信。但是反过来一想，其实其中很有些微妙的地方。这说明什么呢？说明国君和贵族官僚集团本来就没有信用、没有威信！其实这很正常，战国的时候是奴隶制向封建制转变的过渡期，主要还是奴隶制为主。对于奴隶主来说，奴隶是一种财产、工具，跟马牛羊犁耙镐头没什么区别，算不得是平等的人。

奴隶之外也有一些自由农民，那也是被剥削的阶层，所以贵族集团无须跟他们谈什么信用。所以到需要平民百姓支持的时候怎么办？就得想出这种临时抱佛脚、上轿现裹脚的耍心眼的计谋来获得人们的信任。

其实在商鞅之前，就有人注意到了这点，并且采用了和商鞅相当类似的办法来树立信用。那就是战国时代著名军事家吴起。

军队打仗的时候，士气和纪律很重要。毕竟再厉害的猛将也不是超人，还得靠为数众多的士卒。所以军事家们很早就注意到了要对一般士兵讲信用的问题。世界上最古老的军事著作《孙子兵法》里面总结的为将五德，第一是智，第二就是信。吴起的《吴子兵法》里面有段把将领威信的作用叙述得更详细：

> 若法令不明，赏罚不信，金之不止，鼓之不进，虽有百万，何益于用？
>
> ——《吴子兵法·治兵》

意思说，要是将领在士兵那儿没有威信，人根本不听你指挥，军队人数再多也没意义。

孙子那会儿是得到了吴王的重用，有时间在军队里树立自己的威信。吴起投奔魏国，搞变法改革，被魏王打发到前线西河去试用，他急着建立功勋，没这时间，怎么办？

> 吴起为魏武侯西河之守，秦有小亭临境，吴起欲攻之……于是乃倚一车辕于北门之外而令之曰："有能徙此南门之外者赐之上田上宅。"人莫之徙也，及有徙之者，还，赐之如令。俄又置一石赤菽东门之外而令之曰："有能徙此于西门之外者赐之如初。"人争徙之。乃下令曰："明日且攻亭，有能先登者，仕之国大夫，赐之上田宅。"人争趋之，于是攻亭一朝而拔之。
>
> ——《韩非子·内储说上七术》

吴起想到的办法就是"徙辕立信"——辕，就是车子前面牲口拖着的那根木头。他下令说，只要把一根车辕从北门搬到南门，就赏给他房子和地。大多数人当然不信有这种事，但有人抱着万一的心态做了，就得到了承诺的好处。接着他拿出一石小红豆，说第一个从东门搬到西门的，也一样给赏。这次众人就争着要搬。看时机成熟了，他就下令，明天进攻目标，第一个冲上去的重重有赏。结果士兵们个个奋勇争先，一个上午就凯旋了。

吴起立下功劳之后回到中央，主持魏国变法，之后魏国"武卒"

成为战国前期赫赫有名的强军，魏国一度成为战国第一强国。

这种从小事做起，树立自己威信的方法不光是农耕民族会，游牧民族也会。匈奴雄主冒顿大单于就有个"鸣镝立信"的故事。鸣镝，就是响箭，射出去会呜呜地响。冒顿那儿日子苦，所以他不是用赏赐，而是用凶残的刑罚来树立威信：他把鸣镝射向哪里，部下不跟着射的，就杀。先是射猎物，然后射自己的宝马，最后连他的太太都被他当作树立威信的工具射死了。这之后他就带着部下射死了自己老爹，篡位自立了。

反过来说，人要是失去信用，那后果也挺严重的。"烽火戏诸侯"的周幽王，就是因为在诸侯那儿失去了信用，搞得身死国灭。"徙木立信"的商鞅，在秦孝公死后被上位的太子撤职，要杀他出气。他想逃亡魏国，但是居然被拒绝了！按理来说，这种脑子里大把机密情报的能人，哪国都欢迎啊。魏国为什么拒绝他呢？

正是因为他失去了信用。

> 卫鞅将而伐魏。魏使公子卬将而击之。军既相距，卫鞅遗魏将公子卬书曰："……与公子面相见，盟，乐饮而罢兵，以安秦魏。"魏公子卬以为然。会盟已，饮，而卫鞅伏甲士而袭虏魏公子卬，因攻其军，尽破之以归秦。
>
> ——《史记·商君列传》

他率兵伐魏的时候，对面带兵的是他熟人。他就欺骗对方说我们聚会一下，喝酒会盟，别打了。结果对方相信了之后，他居然在会盟的地方暗地埋伏人马，抓了对方主帅，乘机击破魏国军队。这下子在魏国人眼里，商鞅的信用可是完全破产了，也难怪后来他说要流亡魏国的时候人家不再相信。

所以信用这东西，虽然看不见摸不着，但是在有的时候真是很重要。青年朋友们如果信用好，那要珍惜，信用不好，要赶快设法弥补啊。

相如窃玉

司马狗子的爱情

　　司马相如这个名字我们都非常的熟悉，关于他和卓文君的那段故事，千古流传，人称相如窃玉，和"韩寿偷香"并称为窃玉偷香。玉自古就被用来形容美人，"相如窃玉"就是说像司马相如一样，不得老丈人家里同意就把美人给拐自己家里了，跟小偷似的，所以叫"窃"。

　　就司马相如这个人来说，历来有所争论，有人说他出身贫寒，仕途无望，看中了卓王孙的财力，特意设局引诱卓文君上钩，而后又差点始乱终弃，挺好的一个爱情故事生生变成了渣男负心汉欺骗白富美的狗血事件。倘若真的如此，卓文君可是明珠暗投了。不过，其实司马相如并不是出身寒门，家庭条件说起来很不错，绝对不是所谓的"凤凰男"。

　　司马相如字长卿，蜀郡成都人也。少时好读书，学击剑，故其亲名

之曰犬子。相如既学，慕蔺相如之为人也，更名相如。以赀
为郎，事孝景帝，为武骑常侍，非其好也。

——《史记·司马相如列传》

这段话就透露了至少三点信息。

第一眼看过去先解决的就是他为什么叫相如。大家没想到吧，大文士司马相如小时候居然叫犬子，这不就是狗子的意思嘛。难不成他的家人为了好养活起了这么个贱名？

孩子读了书长了学问之后，觉得狗子太难听了，登不得大雅之堂，又特别崇拜战国时代的名臣蔺相如，就给自己改了名字，叫司马相如。在古代，这种敬慕前贤改名的事情不少，现在少了，如今有人改名字，基本都是某大师说了命里缺什么才改的。改了名之后从此就飞黄腾达的人，我没看见几个。不过蔺相如成名是靠韬略，司马相如留名后世是靠文采。

第二，司马狗子从小就爱读书练武。所谓穷文富武，家里没两个糟钱是供不起的，和现在上武校学套路混口饭吃是两个概念，人家学的是剑术。汉代的战场上，剑逐渐被能劈砍的刀所取代，但作为君子彰显品行的必佩之物仍然很受士大夫青睐。那时的读书人也绝不是后世弱不禁风的酸儒，基本上都属于"文能提笔安天下，武能上马定乾坤"的豪杰。东方朔15岁开始练剑，司马迁祖上就是出名的剑道大师，魏文帝曹丕在《典论自叙》里还专门写了自己年幼时学习剑术，也曾与人斗剑一决高下的故事。

第三，请大家注意以赀为郎这一句。在《史记》当中，一般是

指财富、钱，比如家赀累数巨万矣。在说孔融让梨的时候提到过，汉代要做官，有条路子是买官。用钱买官这个途径，也被叫作赀，以赀为骑郎，以赀助边等等不一而足。汉代卖官鬻爵很常见，以赀为郎的意思就是司马家花钱给狗子买了个郎官当。

这时候当皇帝的是汉景帝，司马相如做的官是武骑常侍，是皇上出行打猎时候的助手兼保镖。可见司马相如既不是凤凰男出身贫寒也并非柔弱之人，而是个武艺高强的富二代，还富而优则仕。

那么司马相如为何落魄到了临邛，为何有人会说他吃软饭，骗财骗色呢？原来司马狗子并不喜欢给皇上站岗的工作。喜欢什么呢？他一时还不知道，但后来就知道了：

> 是时梁孝王来朝，从游说之士齐人邹阳、淮阴枚乘、吴庄忌夫子之徒，相如见而说之，因病免，客游梁。梁孝王令与诸生同舍，相如得与诸生游士居数岁，乃著子虚之赋。
>
> 会梁孝王卒，相如归，而家贫，无以自业。素与临邛令王吉相善，吉曰："长卿久宦游不遂，而来过我。"于是相如往，舍都亭。
>
> ——《史记·司马相如列传》

七国之乱当中立下大功的梁孝王来朝见皇帝哥哥的时候，带来了一群当时的辞赋高手。司马相如见到了这些人，一下就找到了自己的人生方向：他喜欢诗词歌赋！于是他找了个借口说自己病了，辞职，跑到梁王刘武那边去，跟那些有名的文生住在一起，请教学习。在这里司马相如如鱼得水，写出了著名的《子虚赋》。

据说他当时还写了另一篇辞赋《玉如意赋》，梁孝王很欣赏这篇赋，还赐给司马相如一把琴名为绿绮，上面有"桐梓合精"四字，后来司马相如就是用这把琴打开了卓文君的少女之心。可惜这篇赋后来失传了。

好景不长，这年梁孝王病死了。汉景帝一直担心这个有文名又有战功的弟弟篡位，听到这消息去了一块心病，顺手把梁国肢解成了五块，梁孝王的五个儿子一人一块。梁王府的地盘和财富都大幅度缩水，新任梁王刘买就把门客大多遣散了。司马相如回家一看，糟了。当年他家掏了大把钱给他买官却没得到一分钱回报，这些年又没人操持，穷了。恰在此时他的发小临邛县令王吉伸出了援手，司马相如便流寓临邛。

接下来的故事大家基本都知道了，当地的土豪卓王孙听闻相如大名，特意约请王吉和司马相如赴宴，宴席之上相如弹奏一曲《凤求凰》，获得卓文君青睐，二人私奔跑回了相如的老家成都。卓王孙气得蹦高，发誓说绝对不会给他们俩一分钱。因此两人虽然情意绵绵，但家徒四壁生计无着。

这时候卓文君说：老公你好哥们儿那么多，我们何必过这么辛苦呢？于是二人返回临邛开了家酒吧，文君当垆卖酒，相如穿犊鼻裤洗盘子，这纯粹就是做给他老丈杆子卓王孙看的，言外之意你舍得闺女过这样的日子啊？卓王孙虽然很愤怒，但在亲友的劝说之下，也只好接受了，给了夫妻俩童仆百人，钱百万，以及原本应有的嫁妆，两人这才回了成都买房子置地。

不过关于司马相如弹琴那一段，历来就有两个说法。一个是司马相如本不知道卓王孙有个寡居的女儿卓文君，文君被相如的琴声吸引，偷偷地从门缝中看他，被他的气度才情所吸引，产生了爱慕之情。另一个说法是司马相如早已听说卓王孙有一位才貌双全的女儿，他借琴表达爱慕之情："凤兮凤兮归故乡，游遨四海求其凰，有一艳女在此堂，室迩人遐毒我肠，何缘交接为鸳鸯，胡颉颃兮共翱翔。"一曲《凤求凰》自然使得卓文君怦然心动，司马相如又重金贿赂侍者向文君传情，定下了私奔之事。

正是这段耳熟能详的故事，才让人觉得司马相如说好听了是吃软饭，说难听了是骗财，不只我们现代人怀疑，在当时就有人这么想了。西汉的文学家扬雄在《解嘲》一文中提出："司马长卿窃赀于卓氏，东方朔割炙于细君，仆诚不能与此数公者，并故默然，独守吾《太玄》。"扬雄提出司马相如是"窃赀"，是劫财，和东方朔的归遗细君一样，都让他看不起。颜之推的《颜氏家训》也说："司马长卿，窃赀无操。"

这事儿确实疑点众多，卓王孙对司马相如印象不错，直接提亲不好吗，干吗要私奔呢？穷困潦倒的司马相如哪里来的重金贿赂卓文君的近侍？司马相如为何在卓文君一劝之下就返回了临邛，在街边卖酒挤兑老丈人这个丢人的主意到底是谁出的？疑点这么多，要说司马相如不是一步步巧妙设局从而抱得富家美人归，打死你们，我都不信。

后来他的老乡狗监（"狗监"是管理宫廷猎犬的职位，不是骂人话）杨得意给汉武帝提醒，写《子虚赋》的司马相如还活着，从此得到了朝廷的重视，写出了《上林赋》，安抚过蜀地骚乱，在老丈人面前赚足了面子。

到这里，司马相如和卓文君的故事本来算是有了个完满结局。但据说这之后事情又起波折：

> 司马相如将聘茂陵人女为妾，卓文君作《白头吟》以自绝，相如乃止。
>
> ——《西京杂记》

据说有了钱又有了地位的相如开始考虑找个小三儿了。为此伤心欲绝的卓文君写下了一首《白头吟》，说你找小三儿我们就分，司马相如看了以后打消了念头，还是跟卓文君一夫一妻过下去。

不过这记载颇为可疑。《史记》里面专门给司马相如一篇列传的篇幅，对他生平记述得颇为详细，甚至把他的代表作《子虚赋》《大人赋》和遗作《封禅书》全文收录，但对这件事一个字都没提过，为啥过了好久之后在一本收录各种八卦的书里忽然冒出来这么个传说？

仔细看看《西京杂记》这本书，对于卓文君似乎颇有恶意。前面先八卦说，司马相如是因为卓文君长太漂亮了，好色过度病重而死；后面就说司马相如一度想要纳妾。可能司马相如和卓文君后来的生活让有些人看得羡慕嫉妒恨，非要找点缺陷出来吧。

到了元朝，又有人进一步编排出一首《怨郎诗》，用数字一二三四五六七八九十百千万来述说离愁别恨，也说是卓文君写

的，但文风粗鄙，一看就是好事之人杜撰，可见从古至今好八卦的
人实在太多。

> 相如口吃而善著书。常有消渴疾。与卓氏婚，饶于
> 财。……相如既病免，家居茂陵……而相如已死，家无书。
> 问其妻，对曰："长卿固未尝有书也。时时著书，人又取去，
> 即空居。长卿未死时，为一卷书，曰有使者来求书，奏之。
> 无他书。"
>
> ——《史记·司马相如列传》

按照正史里面的记载，司马相如不善言辞，而且有糖尿病这么
个古代没法治，只能硬扛的慢性病，家里全靠老婆娘家给钱，那他
要纳妾的说法就更可疑了。后来司马相如病死，卓文君把他的遗作
《封禅书》献给朝廷，此后正史当中就再无他们的踪迹了。之后汉
武帝封禅泰山，据说就参考了《封禅书》里面的建议。

司马相如能博得美人芳心，是靠才华。婚后虽然经济上要老丈
人支援，但他在官场能出使边疆建功立业，又能写出文学名篇，还
能通过文章谏言皇帝，这才算是名士美人，相得益彰，"相如窃玉"
才能成为千古佳话。卓文君的眼力或者运气这也算是不错了。要是
找的是像唐代《莺莺传》里那个神经病，那就只能悲剧了。找对象
不能大意啊。

下马冯妇

晋成公叫姬黑臀

　　据说啊，世界上所有的老虎都是我们中国华南虎的后代，别管你是西伯利亚虎、里海虎、新疆虎、巴厘虎，都要认中国虎当祖宗。所以中国一提起最凶猛的野兽，就是老虎了。自古至今，一提起许多英雄好汉多么勇猛，总要拿"打虎"说事儿。能打老虎才算真的猛士，到了江湖上混没打过虎你都不好意思跟人打招呼！

　　晋朝勇士周处"断蛟刺虎"；武松景阳冈醉酒打虎；黑旋风李逵老母亲被老虎吃了，李逵为母报仇持刀一次杀死四只老虎；到了现代我们30年干掉了3000只华南虎。中国的野生虎种，西伯利亚虎——就是东北虎、华南虎、孟加拉虎几乎都快灭绝了，这么看来很正常啊，甭管谁想扬名立万，就得先打死个把老虎，那还不打得老虎断子绝孙？真是"老虎不发飙，你当我病危呢"？

　　所以我常想，古往今来的大英雄大豪杰们，你们想逼英雄别总跟老虎较劲好不好，像关羽关二爷一样去惩治祸害乡里的恶霸，像鲁达鲁提辖一样去惩治欺压民女的镇关西好不好呢？你还别说，真有一个打虎勇士幡然悔悟，宣布停止打虎！这个人是战国时期晋国勇士冯妇，妇女的妇，"下马冯妇"这个成语就说的他。

　　他？没错，这位是男的。有人可能觉得奇怪：中国人起名字，女孩有时会起男性化的名字，比如名字里用"男"，男人的男，要么期盼这姑娘将来能成个汉子，要么就是盼着能再生个男孩，前中国女排队员王男很猛吧，汉章帝的女儿武德公主刘男。这不算什么，还有很霸道的，汉桓帝第二任皇后叫邓猛女，魏文帝曹丕的老婆叫郭女王！但是中国家长很少给男孩取名字用"女""妇""娟""婷"这类非常女性化的字眼。

　　不过那是后来的事情。早先国人起名字没这么多讲究。有些古人的名字那真是霸气侧漏。郑庄公叫寤生，就是郑难产，晋成公叫姬黑臀，别笑，就是黑屁股的意思。周定公的曾孙叫姬黑肩，鲁成公叫姬黑肱。包拯的小名叫"三黑"，没人黑的过他。商鞅的老师叫尸佼，尸体的尸，人称尸子。楚共王叫熊审，他儿子楚康王，叫熊招，一个审一个招。宣太后有个男宠叫魏丑夫，险些给她陪葬了。还有名将三兄弟，都是大字辈的，楚国有个大将叫成大心，三国曹魏有勇将尹大目，北魏名将杨大眼。唐朝有个高丽贵族叫泉男产；

有个诗人叫刘昚[01]虚，字挺卿。

相比之下，男人起个女性化名字也没啥了。徐夫人，战国著名铸剑大师，荆轲刺秦用的匕首，就是出自徐夫人之手。丁夫人，西汉初的阳都侯。阎艳，我们兰州人，三国猛将，差点怼死马超。韩嫣，汉武帝宠臣，也是西汉开国功臣韩信的曾孙。高仙芝，唐代名将，姿容俊美，能征惯战。刘蓉，清朝桐城派古文家，曾国藩幕僚。再算上一个"日本人"，小野妹子，基本技能是会吐槽。

所以冯妇是男的，是男的，是男的，重要的事情说三遍。别看冯妇有个很娘很娘的名字，可居然是个敢赤手空拳打老虎的勇士！还打死不少老虎。不过后来有人说他，打虎有什么用，能出人头地有出息吗？他于是宣布再也不打老虎，从此专心读书，天天向上！

一天他去郊外玩，看见很多人在围着一只老虎，老虎被逼到无路可逃了，负隅顽抗。大家都知道，这时候的野兽是最危险的，所以没人敢上前。看到前打虎能手来了，一伙战五渣就迎上去了。冯妇的暴脾气哪里忍得住啊，跳下去分开众人，上去就怼死了老虎。于是别人笑话他：说好要转行好好学习的，这又重操旧业了。这故事就出来一个成语"下马冯妇"，比喻重操旧业的人，也叫再作冯妇。

> 晋人有冯妇者，善搏虎，卒为善士。则之野，有众逐虎。虎负嵎，莫之敢撄。望见冯妇，趋而迎之。冯妇攘臂下车。

---

[01] 昚，音 shèn。

众皆悦之，其为士者笑之。

——《孟子·尽心章句下》

我去！好不容易戒毒一个，还复吸了！这帮随便杀害国家一级濒危珍稀野生动物的家伙太可气了，不用说咱们不喜欢他们，就连孟夫子都不喜欢他们。不但孟夫子不喜欢，后来很多人也不喜欢，以至于到明代，刘伯温在书里给他编排了一个悲惨而又可笑的结局：

> 东瓯之人谓火为虎，其称火与虎无别也。其国无陶冶，而覆屋以茅，故多火灾，国人咸苦之。海隅之贾人适晋，闻晋国有冯妇善搏虎，所在则其邑无虎，归以语东瓯君。东瓯君大喜……求冯妇于晋。冯妇至……为上客。明日，市有火。国人奔告冯妇，冯妇攘臂从国人出，求虎弗得。火迫于宫肆，国人拥冯妇以趋火，灼而死。于是贾人以妄得罪，而冯妇死弗悟。
>
> ——《郁离子》

说温州那边的东越国方言里，火跟虎这俩字的读音是一样的。那边都是茅草屋，经常闹火灾。有个那边的商人经过晋国，听说冯妇到哪儿哪儿的"虎"就没了，回去就报告国王说这人能灭"火"。国王一听这敢情好，赶快把冯妇请来，奉为上宾。第二天，城里又着火了，大家就簇拥着冯妇去灭"火"，冯妇则到处找"虎"——哪儿有啊！最后冯妇被人挤到了火里，烧死了，到死都是糊涂鬼。

你说刘伯温这编排得狠不狠？不过冯妇这个人，除了孟子这个故事没别的记载了，多半也是他编的。为啥编打虎勇士用这个名字呢？很可能是从另一个成语来的，那就是"暴虎冯河"。

暴虎冯河，比喻有勇无谋，鲁莽冒险；愚忠，费力不讨好。最早应该出自《诗经·小雅·小旻》："不敢暴虎，不敢冯河。"根据裘锡圭老先生等人的考据，"暴"为"虣"（音 bào）的假借字。古代盛行车猎，就是驾着战车一样的车去打猎。暴虎表示不用车而徒步搏虎，冒没必要的风险；汉代以后被人误会成空手打虎，那就更危险了。"冯"为"淜"（音 píng）的假借字。《说文》："淜，无舟渡河也。""冯河"即"无舟渡河"。

让这个成语出名的，是孟子的祖师爷孔夫子，孔圣人。《论语·述而》："子路曰：'子行三军，则谁与？'子曰：'暴虎冯河，死而无悔者，吾不与也。必也临事而惧，好谋而成者也。'"翻译过来是子路问："夫子，您如果统率三军，希望谁跟您在一起？"孔子说："我不喜欢空手打虎、徒步过河、自以为勇敢不怕死的人。我欣赏遇事善于冷静思考、千方百计争取成功的人。"

不过子路没有完全领悟孔子劝诫他的深意。后来子路在卫国做了官。公元前480年，卫国发生内乱，死了许多人。孔子知道了说："唉，子路这一次有难了！"果然，子路一个人奔回京城，坚决要求惩处作乱的人，结果被杀。

古代打老虎，可以说他勇敢，可是现在要是打老虎，那可是犯罪了。老虎是国家一级保护动物，猎杀老虎最高可以判处十年以上有期徒刑。2009年2月，云南省勐腊县村民康某、高某在西双版纳国家级自然保护区打死了一只老虎。第二天，他们约了五个村民一起上山，将老虎剥皮后分割了虎骨、虎肉、虎头及虎爪等，并各自背回家中吃掉。案发后，法院判处被告人康某有期徒刑十二年，处罚金10万元，并赔偿国家的经济损失48万元；判处被告人高某有期徒刑四年，并处罚金2万元。其他人各判处一至三年。听听，主犯判了十二年不说，吃这几口老虎肉，五十八万！

老虎不光不能猎，也不能吃。2013年，广西南宁富商徐某三次组织人前往广东雷州买虎肉。卖家现场宰杀老虎，徐某等人当场购买了老虎肉块、骨骼、内脏、老虎血酒等物。案发后，法院一审判处徐某十三年有期徒刑，并处罚金155万元。这代价，你还敢吃吗？

所以说不但老虎屁股摸不得，老虎肉更是吃不得啊！姚明不是发誓自己不吃鱼翅，并宣布倡议大家别吃鱼翅吗？我现在也宣布自己决不吃老虎肉，呼吁大家也别吃！不光老虎肉，穿山甲等保护动物的肉也是吃不得的！虽然中国人是吃货，但见到这些，还是忍着点吧！

徐市求仙

古人花式骗皇帝

　　长生不老是我们中国古人一直在追求的人生目标，炼丹术，养生方，成仙得道，羽化升天，与天地同寿，与日月齐光。今天众多的玄幻小说流行，里面各类生灵修炼的目的就是超脱，不受生死轮回的限制，已经超越了古人的愿望。小说里的人物不会出现在现实中，但历史上，为了踏上虚无缥缈的长生之路，上至帝王下至百姓，很长时间都坚信这条天路是一定存在的。秦始皇为了求得不死神药，下了很大的本钱，仙药没找到，但给我们留下了一个成语——徐市求仙。

　　徐市求仙这个成语有两种用法。一是本义，指追求长生不死的妄想。一是比喻义，指根本做不到的事情。

　　这个典故在我国最早的纪传体通史《史记》中就有记载，散见于《秦始皇本纪》：

　　二十八年，始皇东行郡县……齐

人徐市等上书，言海中有三神山，名曰蓬莱、方丈、瀛洲，仙人居之。请得斋戒，与童男女求之。于是遣徐市发童男女数千人，入海求仙人。……徐市等费以巨万计，终不得药……（三十八年）方士徐市等入海求神药，数岁不得，费多，恐谴，乃诈曰："蓬莱药可得，然常为大鲛鱼所苦，故不得至，原请善射与俱，见则以连弩射之。"……乃令入海者赍捕巨鱼具，而自以连弩候大鱼出射之。自琅邪北至荣成山，弗见。至之罘，见巨鱼，射杀一鱼。……至平原津而病。七月丙寅，始皇崩于沙丘平台。

——《史记·秦始皇本纪》

《淮南衡山列传》中汉代人伍被也提及此事，叙述略有不同。综合起来，事情的经过大概是：公元前219年，秦始皇曾巡游关东郡县，到了山东封禅祭天，立碑而还。当地有个方士叫徐市，又名徐福，他上书说："在东海之中，有蓬莱、方丈、瀛洲三座神山，山里住着仙人。我愿意出海为陛下求取长生不老之药。"秦始皇闻听后大喜，令徐市带着几千童男童女出去，遍游东海寻找不老药。一去快十年，花了不少钱，什么也没找到。

徐市害怕秦始皇责罚，便说："由于大鱼出没，难以到达神山。希望能派弓箭手和我一同去，看到了大鱼就射箭赶走。"于是秦始皇带着连弩和大军一起过去，沿着海边转悠了一路，最后在山东芝罘 [01] 附近看到了徐福说的大鱼——很可能是鲸鱼，用连弩射死了一

---

[01] 罘，音 fú。

头。徐市带着几千童男童女和许多工匠再次出海，此后不知所终，据说他们找到一个有大片良田的地方住了下来，徐市自己称王了。而秦始皇呢，则在徐市第二次出海后不久就病死了。

这种追求长生不老的风气，从春秋战国年间开始就没有停止过，后来的人陆陆续续地又搞出了些稀奇古怪的东西。汉武帝听信方士之言，在长安柏梁宫建造了高达二十丈的铜质承露盘，说是接到上天赐予的甘露以后，将美玉磨成粉再和露水饮用，认为可以长生。结果当然没用。他又多方访求仙术，折腾了半天，给后世留下一堆奇奇怪怪的传说，最终也没能成仙。不过汉武帝毕竟一代明主，晚年时也对以往求仙的行为有所悔悟，在他的《轮台罪己诏》中说："向时愚惑，为方士所欺。天下岂有仙人，尽妖妄耳！节食服药，差可少病而已。"

没关系，这条路走不通，还有别的办法。天地不给神药，可以自己造啊。于是炼丹术诞生了。炼丹是道教企求不死成仙的最基本修炼方术。所谓丹，有内外之分。外丹，是指以丹砂、铅、汞、硫等天然矿物石药为原料，用炉鼎烧炼而成。内丹，是通过内炼使精、气、神在体内聚凝不散而成丹，达到养生延年的目的。早先的求仙者们，求的主要是外丹。方士们炼来炼去，虽然没做出仙丹，倒是有了些意外的收获，比如火药、豆腐等等。

与汉武帝同时的淮南王刘安就是个炼丹大家，他招揽了千余名方士在府邸炼丹。传说他炼出仙丹之后，一口气吞下就飘飘悠悠飞上天去，剩下的仙丹，让门外的鸡犬抢着吃了。空中一阵鸡鸣狗叫，原来它们也上天成仙了！正所谓"一人得道，鸡犬升天"。但实际上他是因谋逆罪被灭了门，连门客也基本被杀光了。炼丹不成，谋反也不行，但刘安也算是一个奇才，和众多的门客留下了一本记载各种杂学的鸿篇巨制《淮南鸿烈》[01]。

到东汉时魏伯阳写了一部经典著作《周易参同契》阐述炼丹理论，这本书里面提到了内丹理论，后来被尊为万古丹经王，构建了丹鼎派的理论基础。东晋的葛洪更是把炼丹术发展到了极高的程度。他的著作《抱朴子·内篇》具体地描述了炼制金银丹药等多方面有关化学的知识。葛洪还写了部《神仙传》，描述了很多仙人的事迹，由此说仙人是存在的。然后引入道家的哲学观念以及阴阳五行学说等构建了一套成仙的世界观理论，在此框架下他认为丹药是成仙的不二法门。

此后，炼丹术成为历代皇帝的公开爱好，但结果往往是"服药求神仙，多为药所误"。首先吃死的皇帝就是晋哀帝司马丕，这个胸无大志，只愿偏安江南，不愿北伐的小皇帝，20岁当皇帝，只干了四年，就开始谋划长生不老了，相信了方士的花言巧语，吃下了长生不老丹药，毒发而亡。

到了唐代，李唐王朝奉老子为祖先，道教成为公开的国教，炼丹术也随之成为显学，极其盛行。白居易、韩愈、唐宪宗、唐穆宗……吃丹药吃病甚至吃死了的名人数不胜数。甚至唐太宗李世民也在其中。李世民继位之时正值壮年，对求仙问道并不热衷，还嘲

---

[01] 又名《淮南子》。

笑秦皇汉武的求仙举动。但他后来得了脑部疾病，长年重病之下，也把希望寄托在了丹药上，发生了一段可悲可叹的故事。

　　右率府长史王玄策使天竺，其四天竺国王咸遣使朝贡。会中天竺王尸罗逸多死，国中大乱，其臣那伏帝阿罗那顺篡立，乃尽发胡兵以拒玄策。玄策从骑三十人与胡御战，不敌，矢尽，悉被擒。胡并掠诸国贡献之物。玄策乃挺身宵遁，走至吐蕃，发精锐一千二百人，并泥婆罗国七千余骑，以从玄策。玄策与副使蒋师仁率二国兵进至中天竺国城，连战三日，大破之，斩首三千余级，赴水溺死者且万人，阿罗那顺弃城而遁，师仁进擒获之。虏男女万二千人，牛马三万余头匹。于是天竺震惧，俘阿罗那顺以归。二十二年至京师，太宗大悦，命有司告宗庙，而谓群臣曰："夫人耳目玩于声色，口鼻耽于臭味，此乃败德之源。若婆罗门不劫掠我使人，岂为俘虏耶？昔中山以贪宝取弊，蜀侯以金牛致灭，莫不由之。"拜玄策朝散大夫。是时就其国得方士那迩娑婆寐，自言寿二百岁，云有长生之术。太宗深加礼敬，馆之于金飚门内。造延年之药。令兵部尚书崔敦礼监主之，发使天下，采诸奇药异石，不可称数。延历岁月，药成，服竟不效，后放还本国。

　　　　　　　　　　——《旧唐书·列传第一百四十八》

　　唐太宗派了一名将军王玄策出使天竺，阴差阳错之下王玄策却借兵吐蕃和尼泊尔灭了一个印度小国。这位英武不凡的将军却被当地的一名老方士那迩娑婆寐欺骗，相信他活了两百多年，有神奇的法术，便带他回国，把他推荐给了皇上。正所谓远来的和尚会念经，李世民对本国的方士心存疑虑，对这位外国方士倒是一下就倾心相从，给他调拨人力物力。老印度人花了一年多时间炼出丹药，李世民吃了以后没过多久就死了。大概因为觉得这事太丢人，唐高宗也没治罪，就把方士赶回去拉倒。王玄策也因此获罪，从此仕途中断。

到了宋代以后，可能是历代吃丹药吃死的人实在太多，外丹派渐渐衰微，求仙的以内丹派为主，乱吃药的少了——当然也还是有，但其实主要是当春药吃，比如明朝嘉靖皇帝。

有意思的是，日本有传说徐福是到了日本。之后呢？有人说他就是日本传说中的开国君主神武天皇，也有人说他做了天皇手下的大官。到元朝，这种传说已经传回到了中国，广为人知。元成宗时期有两位诗人王东和吴莱都在诗中写到了"徐市求仙"这个故事：

> 田横乘传嗟已矣，徐市求仙胡尔詑 [01]。
> 岂如暹国效忠义，勋名万世同不磨。
> ——王东《暹国回使歌》，载于《皇元风雅·卷二十二》

> 徐市求仙乃得死，紫芝老尽令人愁。
> 就中满载童男女，南面称王自民伍。
> ——吴莱《听客话熊野徐市庙》，载于《渊颖集》

---

[01] 詑，音tuó，欺骗。

　　第一首诗的重点在于徐福用做不到的谎话骗人，第二首则在于长生根本求之不得，正好跟现在我们用这个成语的两个意思吻合。

　　人的生命终归是有限的。过度贪婪乃至于求仙拜神想要追求长生不死，最终只能是徒劳无益，浪费时间、精力和金钱。传销之类的骗局和方士们的骗术也是类似的道理。指望天上掉馅饼，以神奇的方式获得大量的金钱，最终只能竹篮打水一场空。所以啊，做人不要太贪……

肘腋之变

刘备的野蛮夫人

　　三国时代，开创蜀汉的刘备有两个老对手，曹操孙权。曹操跟刘备青梅煮酒，一句"天下英雄唯使君与操耳"，吓得刘备筷子都掉地上了，而且还把刘备在徐州好不容易建立起来的基地给打得落花流水，抓了关羽，赶得刘备张飞赵云逃亡南方。孙权呢，平时没啥突出表现，但在关羽水淹七军之后，派吕蒙白衣渡江袭取江陵，逼得关二爷走麦城，身殒失荆州，等于是断了刘备的手足，彻底破坏了诸葛亮《隆中对》的战略布局。

　　除了上述两个天生的对头之外，堂堂的蜀汉昭烈大帝，还曾经非常忌惮另一个人，此人既没有曹操的权谋，也不具备孙权的勇武，却令刘备头疼不已，还留下了一个成语——肘腋之变。肘就是胳膊肘，腋就是腋下，胳肢窝。肘腋之变比喻产生于身边的祸患。人们有时候也会说肘腋之患。

这个成语典出正史：

> 　　正为蜀郡太守、扬武将军，外统都畿，内为谋主。一餐之德，睚眦之怨，无不报复，擅杀毁伤己者数人。或谓诸葛亮曰："法正于蜀郡太纵横，将军宜启主公，抑其威福。"亮答曰："主公之在公安也，北畏曹公之强，东惮孙权之逼，近则惧孙夫人生变于肘腋之下；当斯之时，进退狼跋。法孝直为之辅翼，令翻然翱翔不可复制，如何禁止法正使不得行其意邪！"初，孙权以妹妻先主，妹才捷刚猛，有诸兄之风，侍婢百余人，皆亲执刀侍立，先主每入，衷心常凛凛；亮又知先主雅爱信正，故言如此。

——《三国志·蜀书·法正传》

　　刘备入蜀的过程中，法正立下大功，成为刘备头号心腹谋士，还被任命做蜀郡太守，管理刘备势力的首府成都。但法正这人心眼小，睚眦必报，以前他在刘璋手下处死了几个毁谤过他的人。有人跑到诸葛亮那儿说，法正在成都闹得太过分了，军师你最好去跟主公说一下，不要让他这么作威作福。诸葛亮知道刘备对法正非常信赖倚重，于是说："主公从前在公安的时候，北面害怕曹操的强盛，东面担心孙权的威胁，近处又惧怕孙夫人在身边生变，在那个时候，真是进退两难。是法正辅佐主公，使他得以展翅高飞，不再受人钳制，现在怎么能让法正不按自己的意志行事呢！"

　　这位让刘备都惧怕的女子孙夫人，就是孙权的妹妹。东汉建安十四年，孙权把自己的妹妹嫁给了四十九岁的刘备。这桩政治婚姻只维持了短短两年，而英雄美人的故事却于千年之后仍为人津津乐道，名剧《甘露寺》就是唱的这个故事。

根据《三国志·蜀书·先主传》的记载：

> 先主表琦为荆州刺史，又南征四郡，武陵太守金旋、长沙太守韩玄、桂阳太守赵范、零陵太守刘度皆降。庐江雷绪率部曲数万口稽颡。琦病死，群下推先主为荆州牧，治公安。权稍畏之，进妹固好。先主至京见权，绸缪恩纪。

赤壁之战后，建安十四年，即公元209年，刘备先以刘表之子刘琦为傀儡，控制了荆州的四个郡，庐江郡的地头蛇，即之前投靠曹军的将领雷绪也带着大量部下来投靠，刘备势力日益壮大。等刘琦病死以后，刘备干脆直接自己担任了荆州牧。这个时期就是前面诸葛亮提到的刘备在公安的时期。这时候，刘备对领有江东广大地盘还试图侵吞荆州、益州的孙权有畏惧之心，孙权呢，在面临曹操庞大压力的同时，对身边这个迅猛崛起的势力也有些担心了，正所谓"麻秆打狼，两头害怕"。于是孙权就送上妹妹玩政治联姻，以此巩固双方关系。

正史上没有记载孙夫人的名字和生年，《三国演义》里面也只提到孙权有个妹妹叫作孙仁——今天广为人知的"孙尚香"这个好听的名字来自《甘露寺》一类的近古戏曲。但以她哥哥孙权的年纪推算，至少与刘备相差了二十一岁以上。老夫少妻的年龄差不是什么大问题，真正成为问题的是个性。孙家是世代将门，孙夫人的哥哥孙策号称小霸王，勇武过人。孙夫人继承了孙家这个传统，和父兄们一样勇猛，手下百把个丫鬟，手里都拿着长刀之类的武器。对孙夫人的这个特征，《演义》和正史写得基本一致，没有走样。

设想一下，刘备每次去见老婆，先要见到一百多个横眉立目，手持十八般兵器的武装丫鬟，屋里的佳人不是千娇百媚柔声细语的，而是"才捷刚猛"——这是用来形容小姐姐的词儿吗？"才捷"还好，是说才思敏捷，只要别太大男子主义就好。"刚猛"就有些难以接受了，刚，好硬；猛，劲儿好大。除非是有特殊的爱好，一般男人在这种情形下好不容易进了屋，没等老婆说话，大概瞬间就没了兴致。想想背后寒光闪闪的刀光剑影，不害怕才有鬼了，难怪刘备"心常凛凛"。

但即使孙夫人性格并非如此之强，她和刘备的婚姻亦难长久。孙权把妹妹嫁给刘备，不仅是要稳固关系，还有更大的企图。在刘备到京口 [01] 迎亲的时候两人相遇，表面上亲亲热热，互相掂量了下，等刘备一回去，孙权的下一步就发动了：

> 权遣使云欲共取蜀，或以为宜报听许，吴终不能越荆有蜀，蜀地可为己有。荆州主簿殷观进曰："若为吴先驱，进未能克蜀，退为吴所乘，即事去矣。今但可然赞其伐蜀，而自

---

[01] 今江苏镇江。

说新据诸郡，未可兴动，吴必不敢越我而独取蜀……"

——《三国志·卷三十二》

《献帝春秋》曰：孙权欲与备共取蜀……备欲自图蜀，拒答不听……权不听，遣孙瑜率水军住夏口。备不听军过……使关羽屯江陵，张飞屯秭归，诸葛亮据南郡，备自住孱陵。权知备意，因召瑜还。

——裴松之注《三国志》

孙权希望双方联合伐蜀，刘备手下的某个笨蛋还觉得挺好，东吴难以跨越荆州占据蜀地，蜀地自然就是我们的了。荆州主簿殷观则看出了孙权此举对刘备势力的危险性，剖析了一番利害，建议婉言谢绝。于是刘备回信拒绝了孙权的提议，在孙权执意派军的情况下就让关羽、张飞、诸葛亮分兵四出，占据战略要点，随时准备攻击孙权的远征军。孙权只好作罢，撤回部队，刚刚通过联姻巩固了一下的孙刘联盟就立刻现出裂痕。

这样一来，对刘备而言，孙夫人的存在就等于在自己的心脏附近放了一把随时都会插进来的刀子，至少，也是孙家打入我军内部的一个间谍，刘备还不能把她怎么样。所以这位"才捷刚猛"的孙夫人就成了刘备的"肘腋之患"，其威胁仅次于曹操和孙权。

据说刘备最后采取的解决之道，是让孙夫人在公安城东建了一座城，单独住着：

> 孙夫人城，在孱陵城东五里。汉昭烈夫人，权妹也，与
> 昭烈相疑，别筑此城居之。
>
> ——《元和郡县图志》

唐代金城公主去吐蕃和亲，当时唐蕃关系时好时坏，吐蕃赞普尺带珠丹也新筑了一座城给她住，也不知道是不是他听说过刘备和孙夫人的这个故事，有样学样。

到了建安十六年，刘备去了益州，孙夫人和阿斗一起留在公安。裴松之注三国志说：

> 先主入益州，云领留营司马。此时先主孙夫人以权妹骄
> 豪，多将吴吏兵纵横不法。先主以云严重，必能整齐，特任
> 掌内事。权闻备西征，大遣身船迎妹，而夫人内欲将后主还
> 吴，云与张飞勒兵截江，乃得后主还。
>
> ——裴松之注《三国志》引《云别传》

据说这时候孙夫人大小姐脾气发作，放纵手下从吴国带来的官兵扰乱社会秩序，还好刘备临走特地嘱咐了赵云，自己家里这些事也归他管。孙权这时候大概觉得妹妹没必要再留在刘备阵营了，派了大批水军去接她。孙夫人二话没说，带了刘禅就上船了。幸亏赵云与张飞"勒兵截江"，抱回了刘禅——却终于没有留住孙夫人。刘备呢，也没说啥，之后在四川又来了一次政治联姻，娶了蜀地实力派吴懿的妹妹吴夫人。

从此之后，史书中孙夫人就再无半点消息。有些版本的《三国演义》里说孙夫人后来听闻丈夫刘备病死军中，于芜湖的蛟矶跳江殉情，后人建了蛟矶庙以示纪念，也称灵泽夫人祠，现在当地还有遗存。"蛟矶"两字讹传成了"枭姬"，所以又称孙夫人为枭姬。

之所以演义和传说要给孙夫人安排这样的结局，大概是明清人觉得这样才是"贞洁烈女"——可现在看来，本来就不幸福的婚姻，何必安排个殉情的烈女情节呢？我倒是希望当年的这位女汉子，在离开刘备之后，能找到自己新的生活。夫妻做到互相疑忌的份儿上，与其担心肘腋之变，还不如好聚好散，放飞对方嘛。

前些时有一则反腐新闻，列举一些贪官被捕以后耍的花招。其中提到原广西壮族自治区民政厅救灾救济处处长龙志华"因受贿被拘期间，为了逃避问题，他不但装疯、装傻、装病、装死，甚至还故意尿裤子，想以此伎俩逃脱法律制裁"。

这里就出现了个成语：装疯卖傻。

这个成语的意思很明白，指的是正常人故意装成疯疯癫癫，傻里傻气的样子。这种一望可知意思的成语一般都出现得比较晚，这个成语的出现也是比较晚的，大约要到清代晚期才有，到底是谁最先用的这个说法，今天恐怕已经难以查考；就见于文字的记录，有些人以为最早是出现在1922年民国报人程道一笔下：

（溥俊）打算装疯卖傻，充作神

装疯卖傻

疯子是天才装的

仙附体，杀此一龙，自己便可即位。

——《庚子事变演义》

但其实比他早几年，民间艺人张杰鑫的说书《三侠剑》里就出现了这个词：

老道说道："方爷，还有一个没羞的孩子，家门无德，装疯卖傻，他要打仗，茶壶夜壶当兵刃。要在庙里打仗，香炉简直乱飞。"

——《三侠剑·第五回》

虽然这成语出现得晚，但历史上，很早就有不少人为了生存或者其他目的，不得不装疯卖傻。明明精神状况正常，偏偏要"装疯卖傻"，自然是为了迷惑别人，给自己寻找机会——《三十六计》里面就有这么一计，叫作"假痴不癫"。历史名人中，颇有不少人通过装疯卖傻，消除了敌人戒心，得以苟全性命于一时，从而东山再起的。

最早这么干的，大概要算是商末的箕子。这位是商纣王的叔叔，与微子、比干齐名，史称"殷末三仁"。据《韩非子》说，箕子当年见商纣王吃饭的时候使用象牙制作的筷子，就吓到了，跟人说："大王现在用象牙筷子，将来就要用犀角玉杯，然后就要吃山珍海味，然后就得穿好的，住好的……这样没完没了，最后国力就供应不起了。"——"见微知著"这个成语就是从这个故事里来的。

　　箕子曾多次进谏，但纣王听不进去，仍一意孤行。有人对箕子说："您应该离开纣王了。"箕子回答："做人臣的向君主进谏，君主置之不理，臣子便离他而去，这是张扬君主的恶行，哗众取宠于百姓，我不忍心这样做。"后来箕子索性割发装癫，披发佯狂，每日里弹唱《箕子操》，发泄心中悲愤。纣王见此，以为箕子真疯了，遂将他囚禁起来，贬为奴隶。

　　武王伐纣之后，箕子率领一批商朝遗老故旧，带着商代的礼仪和制度到了朝鲜半岛北部，被那里的人民推举为国君，并得到周朝的承认。史称"箕子朝鲜"，这是朝鲜半岛那边第一个有历史记载的国家。不过现在那边有些人装疯卖傻，不承认这些历史记载，硬要说什么那边有上古"檀君"……

　　这是装疯当了国王的，后来还有个装疯的当了皇帝。朱棣，大明开国皇帝朱元璋的第四个儿子。按照朱元璋确立的嫡长子继承制，朱棣本来是没有机会染指皇位的。太子朱标病死，他的儿子朱允炆在朱元璋去世后承继大统，是为建文帝。建文帝明白，自己的皇位不大扎实，那些跟随他爷爷征讨四方的叔叔，正是年富力强的时候。朱元璋施行皇子守边的政策，皇子们远离京城，开府建牙，拥兵自重，就算不会觊觎他的帝位，也不会对他有太多的尊重。建文帝就找两个亲信大臣黄子澄和齐泰来商量，这俩给他出了个"削藩"的主意。

　　政策没错，削藩是终极目的，但执行本应掌握分寸。建文帝急于求成，雷厉风行地剥夺叔叔们的王位和兵权，一口气削夺了五个藩王。藩王们处死的处死，流放的流放，一时间人心惶惶，本来安排跟燕王互相牵制的另一个强藩辽王也放弃了自己被父亲安排的角色。燕王朱棣虽未被削，但他心里明白，下一个目标就是自己，于是私下里准备武力反抗。可是皇帝已经在他的周围布满了眼线，封地北平也被重兵包围，形势岌岌可危。怎么办呢？

朱棣决定装疯，以此来麻痹朝廷，争取机会。他披散着头发，在大街上一个人奔跑，不停地狂呼乱喊，别人也听不懂他在嚷嚷什么。跑累了，看见有卖吃的，上去就抢，吃饱了，就躺在街边的臭水沟里睡上一大觉，一睡就好久不起"床"。北平布政使张昺[01]上门打探虚实，当时正值盛夏时节，可朱棣身穿羊羔皮袄，坐在火炉的旁边烤火，还冻得瑟瑟发抖，连声呼冷。张昺与他交谈时，朱棣更是满口胡言，让人不知所以。张昺一看，这是真疯了，放下心来，据此上报皇帝，放松了对朱棣的监视。朱棣乘机暗地布局，等时机成熟，就诱杀了失去戒备的张昺，取得了北平的军政大权，拉开了"靖难之役"的大幕。

再说另一位卖傻的前皇帝吧。"榕城是我家，老爹最伟大"，玩王者"农药"的都知道，这是坦克刘禅的口头禅，乐不思蜀的典故就是由他而来的。蜀汉亡国之后，司马昭封后主刘禅为安乐公，某日司马昭设宴款待刘禅，演奏蜀国乐曲助兴，蜀汉旧臣们想起亡国之痛，个个掩面垂泪。唯独刘禅怡然自若，司马昭问他："安乐公是否思念蜀国？"刘禅答道："此间乐，不思蜀也。"

---

[01] 昺，音 bǐng。

　　在场的蜀国旧臣郤[01]正觉得这样太不像话，偷偷对他说："下次司马昭再问这个问题，您应该说：'先人坟墓，远在蜀地，我没有一天不想念啊！'"果然酒至半酣，司马昭又问同样的问题，刘禅赶忙把郤正教他的学了一遍。司马昭听了说："咦，这话怎么像是郤正说的？"刘禅大感惊奇道："你怎么知道呀！"司马昭及左右大臣哈哈大笑。

　　表面上看，"乐不思蜀"的刘禅是个傻子，但前代史家早就有不同看法，认为刘禅所以如此说话完全是避祸之计。周寿昌的《三国志集解》就说，刘禅如此做是韬光养晦。在刘禅表面的麻木和愚蠢后面，潜藏着过人的狡诈和机智。当时的蜀国已经灭亡，司马昭难道就没有想到，若留下刘禅性命会使蜀国有复兴的危险？但他又不能杀掉刘禅以免造成不好的影响。刘禅能不能活命全看自己的态度了，如果说他有一丝一毫复国的动机，司马昭绝不会让其活命，刘禅只有没心没肺地装傻充愣才能苟活。

　　诸葛亮在世的时候数次称赞过刘禅的聪慧，他死后刘禅还做了近三十年的皇帝，刘禅是三国时期在位时间最长的君主，一共在位四十二年，如果他真是个扶不起的阿斗，如何能在诸葛亮死后还能持续他三十年的帝位？比起孙曹两家的后人，一家是稀里糊涂丢了位置甚至丢了性命，另一家是倒行逆施搞得国内人人自危天怒人怨，他已经相当出色了。

---

[01] 郤，音xì。

后来有个也亡国退位的皇帝就不懂得装疯卖傻，下场恰好从反面证明了刘禅这样做的明智性——南宋末年的小皇帝，宋恭帝赵显。他被俘以后，表现很不错，被封了个国公，还娶了忽必烈的一个女儿，生了个叫赵完普的儿子。可是随着他年龄长大，日渐老去的忽必烈对他起了疑忌。最后他不得不带着儿子，父子俩一起去西藏出家当了喇嘛。

本来也许他可以在西藏淡出人们的视野，平平安安过完一辈子，但他却不懂得或者是不屑于装疯卖傻。很快，他就掌握了藏文，精研佛法，成为一代密宗高僧兼翻译大家。他表现出的聪明智慧越多，元朝皇帝对他的猜忌也就越深，对他的监视也就越密切。最后，在他53岁的时候，他写了一首诗，表达对江南故乡的思念之情：

寄语林和靖，梅开几度花？黄金台上客，无复得还家。[01]

——《无题》

林和靖是古代著名隐士，隐居在杭州西湖旁；黄金台是战国古迹，差不多就在元代的大都。赵显成长的少年时代寓居大都，因此他以此自称，哀叹自己回不到杭州故乡了。

这首诗被监视者报上去以后，当时的皇帝元英宗就怀疑他想逃跑回江南。加上正好当时四川等地有人打着兴复宋朝的旗号起义，

[01] 一作"寄语林和靖，梅花几度开？黄金台下客，应是不归来。"

元英宗索性下了杀手。赵显的儿子在元末也被圈禁，然后消失得无影无踪。

　　装疯卖傻其实可以说是一门艺术，也是一种境界，是聪明人所为。用于政治谋略，就是韬光养晦之计。在形势对自己不利的时候，表面上装疯卖傻，给人以碌碌无为的印象，实际上却隐藏自己的才能，掩盖内心的政治抱负，以免引起政敌的警觉，以等待时机，实现自己的抱负。所以看到疯子傻子的时候别忙着笑话，也许人家也在等着看你的笑话呢。

江郎才尽

学生无情怼校长

　　我们从小到大，出身在不同的家庭，虽说背景不同，但一样都吃着五谷杂粮，玩着游戏读着书，不管愿不愿意都会连滚带爬地进入社会，一个个变得面目全非，难以相认。可总有些小细节会出卖我们，被最了解你的人一眼看穿，弹烟灰的动作，拿筷子的手指，吃饺子蘸不蘸醋，都是些独一无二的细节，这细节就是习惯。各式各样的习惯陪伴我们终生，有些是毛病，有些是特质。习惯可以标定一个人的特征，再普通的人放大了习惯之后也会变得与众不同。

　　但我们大家似乎都有一个共同的习惯，就是找各种理由原谅自己的错误。而且还会把看起来不那么光彩的习惯描述得理直气壮。我就经常安慰自己，快一个月了没交稿子是拖延症，但拖延症是想得就能得的吗，这是成功者的标志，因为需要把精力放到更重要的事情上的；为了下午的会议早早地起了床，赌誓发愿再不迟到，今天就是新的开始，上班还是迟到了，因为磨磨蹭蹭地晃悠了好几个钟头。好吧，这不能怪我，爱迟到的人往往都才华横溢。需要关心的事情太多了，难免会分神耽误事儿；好几个曾经没事儿就喝一顿的损友，竟然开始跑全马了。看看人家的身材，只好安慰自己，没事儿，跑步伤膝盖，生命在于静止。

人到了一定的年龄，才华不在，岁数不小。在鱼尾纹大肚腩的喘息中，放弃了奋斗，抛掉了梦想，剩下的就是油腻的中年人了。幸而不是所有的人面皮都是那么厚，破罐子破摔也得找个借口骗骗自己，掩饰一下一事无成的尴尬。每每到了这个时候，人们很容易就会想到一个作古多年的有志青年——江淹。不过大多数时候，我们都习惯性叫他江郎，江家的少年郎。

这位翩翩少年郎的故事貌似没有人不知道，年轻的时候很有才华，出口成章。靠着一身本事投身官场，一时风云际会，竟然高官得坐，骏马得骑。可惜位高权重的生活消磨了意志，再也写不出传世之作了。我们在形容某些曾经做出过成绩，后来泯然众人的油腻中年，就喜欢用江淹的故事来比喻，并且简化成了一个成语——江郎才尽。

文艺界人士经常会被这个成语砸得鼻青脸肿，尤其是导演和作家这两个职业最为倒霉。按理说，艺术创作不会永远都在巅峰状态，如同正弦曲线，起起伏伏，高峰低谷相伴才是理所当然的。可观众接受不了你一时的失手，你的倒退是一种辜负，一种背叛，人设从此崩塌。

你要是个画家或者雕塑家，敷衍一把糊弄一下如坠五里云雾的大众，没什么关系，反正能看懂的人本来就不多，大不了就算是行为艺术了，反倒可以显得高深莫测。但是电影和文学是要面对大众的，而大众是最苛刻的，因为无论是进电影院还是看书都是要花钱的。不需要经济学大咖来解释，简单的道理大家都明白，谁都希望钱花得值，时间成本也是金钱的一种。高深点说，就是要追求最高性价比，花最少的钱得到最好的回报。

话说有"母胎 solo"[01]省吃俭用团了两张电影票，兴高采烈地请姑娘看了场暴贵的巨幕3D，期待着电影结束趁着姑娘心情大好可以再有后半夜的节目。没想到剧情无聊，看了一半儿就睡着了。好不容易看完了电影，对于下半场姑娘也是兴趣缺缺，各自打车回家，一夜无话。第二天？哪还有第二天的事儿啊，一出影院深似海，从此相逢如路人，再无下文了！精心安排的大好时光就毁在了导演的手里，能不跑到豆瓣上骂个狗血喷头吗？观众好比战场上的督战队，只允许向前，不接受后退，你但凡有个眼高手低，那就完蛋了，等着被口水淹死吧。

现在也不知怎么的了，这几乎成了一个套路。故事的开始无非是，某大咖执导了一部电影，耗资巨大，阵容强悍，在没上映之前就各种绯闻不断，相爱劈腿怀孕比戏里还精彩。可真等上映的时候，要情节没情节，连个完整的故事都讲不好，五毛钱的特效亮瞎你的

---

[01] 网络语，指从娘胎起就是单身。

双眼。如此折腾下来，一世英名换来了"江郎才尽"的判词。奇怪的是，最后票房却让人大跌眼镜，奇高无比一路飘红。情况反转之剧烈，逼得影评人都开始怀疑人生。

至于这其中的道道，不可说，不可说，打死我也不说。因为我真不知道啊，要是胡说八道会得罪人。思来想去只有说说江郎才尽的本体，才不会得罪人也不会犯错误。从古到今都在说江淹才华散尽不复来，谁来给我说说江淹的才在哪里？都说他的诗文写得好，背两句来听听呀。江郎才尽，这样一句并不体面的人生评语，又是谁给江淹下的定论呢？

话说头一次把江淹的人生浓缩为四个字的人，叫钟嵘，论辈分还应该管江淹叫一声师尊。江淹一生历仕三朝，前前后后地换过不少官职，永明年间他担任骁骑将军，兼尚书左丞领国子博士，也就是国家大学的一级主管。而钟嵘恰在此时进入国子学读书，因此面对江淹的时候，按照当时的习俗钟嵘应当执弟子礼。

但是，他们师生之间关系恐怕不是特别好，这一点可以理解，我们回忆校园生活的时候，老师是避不开的话题，师生关系或远或近甚至相爱相杀，皆有可能。但很少有人会提及自己的校长。平素基本没有交集，读了若干年的书，听校长讲话的次数寥寥无几，见面的机会屈指可数，谈不上什么师恩难忘。当然，蔡元培、梅贻琦那样的校长另算。但是在江淹和钟嵘生活的时代，读书人对于师道尊严还是极其重视的，一日为师终身为父的古训不是在教师节才拿出来虚情假意糊弄人的。

可见江淹和他这位便宜弟子钟嵘的关系，虽不至于反目成仇，肯定也很一般。因为无论是按资历地位才名，江淹都算是前辈了，作为晚学后进，钟嵘在谈到这位师长的时候，尤其是在学术领域，完全可以秉持"为尊者讳"的原则，只说好的不说坏的，只做正面报道不做负面批评。对于老师的不利消息，不愿意曲义维护，也可以闭口不谈。但是钟嵘在有这样的机会的时候，似乎根本没考虑师生之间的香火情。

钟嵘在历史上出名，是因为写了一部文学评论专著《诗品》，字数和篇幅不是很多，但却是我国历史上第一部诗歌美学专著。全书共品评了两汉至梁代的诗人一百二十二人，计上品十一人，中品三十九人，下品七十二人。有意思的是，在品评江淹的作品时，钟嵘似乎并不买老校长的面子。钟嵘在这部著作中，仅仅把江淹列为中品，并且首次使用了江淹才尽的说法，原文如下：

> 齐光禄江淹。文通诗体总杂，善于摹拟，筋力于王微，成就于谢朓。初，淹罢宣城郡，遂宿冶亭，梦一美丈夫，自称郭璞，谓淹曰："我有笔在卿处多年矣，可以见还。"淹探怀中，得五色笔以授之。尔后为诗，不复成语，故世传江淹才尽。
>
> ——《诗品》

这个故事就是江郎才尽成语的出处，不过当时是写作江淹才尽。而后来的《南史》在写到江淹的时候，也用了这个传说：

淹少以文章显，晚节才思微退。……尝宿于冶亭，梦一
丈夫自称郭璞，谓淹曰："吾有笔在卿处多年，可以见还。"
淹乃探怀中得五色笔一以授之。尔后为诗绝无美句，时人谓
之才尽。

——《南史·列传第四十九》

后世的《太平广记·梦二》，也沿用了这一传说。

且不说钟嵘的评价准不准确，在《诗品》当中，他还把江淹当
作品评其他诗人的一个标准，你要是比江淹强也算是个大才子了，
要是比江淹还不如，就是等而下之。说白了，钟嵘的意思很明白，
一个班里学生不多也不少，一百二十多人，江淹排名五十，比他强
的就是常春藤系列的种子，和他差不多的，清华北大跑不了。排名
在他之后的，勉强985或者211吧，没上榜的干脆别想了。

话说，在钟嵘讲述的江淹才尽这个故事里，有个重要的人物需
要特别提示一下，就是五色笔的原主人郭璞，关于这个人物若论起
知名度，比钟嵘可高了太多，无论是在他生活的时代，还是在后世
的粉丝量，都可以不夸张地称之为大V了。原因很简单，只要他
愿意的话，完全可以穿着八卦仙衣，举着蓝布幌子，上书"铁口直
断"四个大字，然后穿梭于闹市，冲州撞府悠游人间，捋着胡子笑
看花开花落。后世无论是看风水的，还是算命看相的，均要尊他一
声祖师爷。

郭璞是东晋时代的文学家和训诂学家，字景纯，山西闻喜人。他
学术功底极其深厚，如果能够生活在如今的时代，在他面前没有几个

人敢称自己为大师。不说别的，仅仅是他做注解的几部书，任何人能
精解一部都可以说是博古通今了。不夸张地说，大多数人连完整地从
头到尾读一遍都做不到，甚至有些书名都是第一次听说。来看看都是
哪些吧，《尔雅》《方言》《山海经》《穆天子传》《葬经》。实话说，我
除了《山海经》《尔雅》简单翻过几页之外，其他几部完全没有概念。

郭璞在易学上的造诣比肩京房、郑玄、管辂等人，可以说是两
晋年间最著名的东方神秘学代表人物，传说他尤为擅长阴阳卜算和
寻龙定穴之术。按《晋书》中的说法，郭璞的一身本事是得自于一
个和他同姓的老师。"有郭公者，客居河东，精于卜筮，璞从之受
业。公以《青囊中书》九卷与之，由是遂洞五行、天文、卜筮之术，
攘灾转祸，通致无方，虽京房、管辂不能过也。璞门人赵载尝窃《青
囊书》，未及读，而为火所焚。"

所以说奇人必有奇事，古人诚不我欺，好好的一本书要是能流
传至今的话，满大街算命起名的就都该失业了。但是历史上，像他
这样的人可能真的是能做到通晓阴阳，却因此也沾染了不必要的因
果，泄露了天机，往往都不得善终。郭璞这一辈子算的最后一卦，
可能也是最准的一卦，就是他自己的死期。

> 王敦之谋逆也，温峤、庾亮使璞筮之，璞对不决。峤、
> 亮复令占己之吉凶，璞曰："大吉。"峤等退，相谓曰："璞
> 对不了，是不敢有言，或天夺敦魄。今吾等与国家共举大事，
> 而璞云大吉，是为举事必有成也。"于是劝帝讨敦……敦将举
> 兵，又使璞筮。璞曰："无成。"敦固疑璞之劝峤、亮，又闻

卦凶，乃问璞曰："卿更筮吾寿几何？"答曰："思向卦，明公起事，必祸不久。若住武昌，寿不可测。"敦大怒曰："卿寿几何？"曰："命尽今日日中。"敦怒，收璞，诣南冈斩之。……时年四十九。及王敦平，追赠弘农太守。

——《晋书·郭璞传》

在稍远些的后世，郭璞的文学成就被他在这方面的才华所掩盖。可对于魏晋南北朝时代的人来说，郭璞的文章达到了一种难以被超越的高度。刘勰在《文心雕龙》里说"景纯仙篇，挺拔而俊矣"，这说的是郭璞的诗作《游仙诗》。《晋书·郭璞传》称他的"词赋为中兴之冠"。钟嵘在《诗品》当中，也将郭璞纳入评点人选，排名中上，比江淹高了大概十名左右。但是评语一看就比江淹的高了很多，把他称为东晋诗文第一人。

晋弘农太守郭璞。宪章潘岳，文体相辉，彪炳可玩。始变永嘉平淡之体，故称中兴第一。《翰林》以为诗首。但《游仙》之作，词多慷慨，乖远玄宗。而云："奈何虎豹姿。"又云："戢翼栖榛梗。"乃是坎壈咏怀，非列仙之趣也。

——《诗品》

钟嵘对于江淹和郭璞的评价，一个是善于摹拟，另一个是中兴第一，两相比较高下立见。正因为郭璞的成就太高，他用过的笔似乎就是才华横溢的代名词，当时的人就认为江淹少年时代必然是得过郭璞的真传，继承了他的衣钵，信物就是那支五色笔。五色笔丢了，就像本人抽走了道基本源，一身的修为也就星流云散了。

但江湖上有这么句话，文无第一，武无第二，江淹的诗赋写得好不好，钟嵘的品评是否恰如其分，会不会因为他和江淹的对头王俭交好，于是就起了压制贬低之心，如今的人们很难做出一个公允的评判。在动笔之前，我也从来没有看过江淹的文字，就算看过，仅凭在下区区学念稿的学历，也是不敢随便张嘴的。

钱钟书先生在其巨著《管锥编》里对江淹很是推崇："《别赋》曰'盖有别必怨，有怨必盈'，实即恨之一端，其所谓'一赴绝国，讵相见期'，讵非《恨赋》之附庸而蔚为大国者？而他赋之于《恨赋》，不啻众星之拱北辰也。"

江淹的《别赋》《恨赋》到底有多厉害，值得钱钟书如此评价？郭璞取走五色笔之后，它又流落到了谁的手中？钟嵘对待校长江淹如此苛刻，这样真的好吗？这些内容说起来可不是今天能讲完的，今后有机会再和大家细聊吧。最后奉上一个彩蛋，留给大家解闷儿：

我要说，没有江淹的诗赋，就不会有周星驰电影《食神》当中的一道美食，你相信吗？

图书在版编目（CIP）数据

掌门讲成语 / 张腾岳著 . -- 北京：北京联合出版公司 , 2019.5
ISBN 978-7-5596-2497-0

Ⅰ . ①掌… Ⅱ . ①张… Ⅲ . ①随笔－作品集－中国－当代
Ⅳ . ① I267.1

中国版本图书馆 CIP 数据核字 (2018) 第211112号

掌门讲成语

作　　者	张腾岳
监　　制	杨天意 周行文
策划编辑	黄诚瀚 付晓飞
责任编辑	牛炜征
特邀编辑	陆婉琪 林　尧
插　　画	阎雯雯
封面设计	天行云翼 · 宋晓亮
版式设计	@Auroarae

北京联合出版公司
北京市西城区德外大街83号楼9层 （100088）
北京美图印务有限公司印刷　新华书店经销
北京联合天畅文化传播公司发行
143×210mm　字数125千字　印张8.75
2019年5月第1版　2019年6月第1次印刷
ISBN 978-7-5596-2497-0
定价：48.00元